ラルーナ文庫

玉兎は四人の王子に娶られる

天野三日月

三交社

CONTENTS

Illustration

緒田涼歌

玉兎は四人の王子に娶られる

本作品はフィクションです。
実際の人物・団体・事件などにはいっさい関係ありません。

プロローグ

微《かす》かにぱちぱちという音が響いている。

広い、広い部屋だ。部屋の隅まで届く光はなく、この部屋がどこまで広いのかを知っている者は、誰《だれ》もいないだろう。

部屋の中央には、篝火《かがりび》が焚《た》かれている。そのまわりを無数の白装束の人物が取り囲んでいた。彼らはじっと立っているだけ。見つめているのは篝火で、その視線に煽《あお》られるように、炎はますます勢いよく燃えあがる。

「……あ」

そのうちのひとりが、小さな声をあげた。炎がひときわ大きく勢いを増し、その中にうっすらと、女性の影が浮かびあがったのだ。

女性は頭から白いベールをかぶっていて、それに透ける顔がぼんやりと見えるだけだ。若いのか年寄りなのかもわからない。その場の者が女だと思っているのは、それが『白鳥の巫女《みこ》』だと聞かされているからだ。このマヴィボルジ王国のすべてを知っていると言われている、万能の巫女。

しかし彼女に会うのは非常に困難だ。巫女は、炎の中にしか姿を現さない。そのためには複雑な手順でおこなわれる儀式が必要で、その方法を神殿の者たちが古書を繙《ひもと》き、一年がかりでこの場を設けたのだ。神殿長でさえ、巫女の呼び出しかたは知らなかった。

この部屋は、巫女の神託を待つ者でひしめいていた。いったい何人が集まっているのか、知る者はない。この濃厚な空気の中、誰もが口を噤《つぐ》み、呼吸の音さえ抑え、真っ赤な炎を見つめている。

「南……」

炎の中から声がした。皆がぎょっとしたように視線を向ける。炎の巫女が言葉を発したのだということが、誰にもわかった。

「南？　南がどうした」

待ちきれずに急《せ》かす者がある。皆がいっせいに「静かに！」とささやき、部屋にはまた静寂が訪れた。

「南の方向から、やってくる」

耳を澄ましておかねば聞き取れないほどの声だ。炎がぱちぱちと燃えあがり、巫女の言葉が掠《かす》れて聞こえる。皆はますます聴力に集中した。

「陽の満ち足りた時刻に、やってくる」

「なにがやってくるというのだ！」

焦《じ》れた男が、声をあげた。炎の中の巫女は、その男をちらりと見あげる。そしてなおも聞き取りにくい声で言った。

「玉兎《ぎょくと》、が」

「玉兎？」

巫女の言葉を繰り返したのは、ひとりやふたりではなかった。皆がその聞きなれない言葉を繰り返した。

「玉兎とはなんだ」

力強くそう問うた男がいた。しかし巫女の姿は、徐々に消えつつある。彼女はなにかを言ったようだったけれど、炎の勢いが弱まるのと、その声が薄くなるのは同時だった。

「玉兎が、帝を選ぶ。玉兎の意思が、神の意思」

巫女は微かな声でそう言って、そして炎は消えてしまう。同時に巫女の姿はその場からなくなってしまい、部屋の中は真っ暗になった。

「どういう……」

巫女の姿が消えたこと、まわりを照らす炎がなくなったこと、そして残された言葉の不思議。部屋は途端にざわつきはじめて、誰もが巫女の残した言葉の謎《なぞ》を解こうとしている。

その中、ひとりきびすを返した者がいた。彼は足早に部屋を去り、誰も彼を呼び止めることはしなかった。それよりも、巫女の言葉の意味を知りたいと思う者ばかりだったのだ。

部屋を出た者は、回廊を歩いて露台に出ると、ひとりになって大きく息をついた。彼が見あげる先には、夜の帳《とばり》が下りている。そこに浮かぶのは、見事な円形を描いている青い星だった――。

1

真ん丸な月が、空に浮かんでいる。

月は大きく、金色に輝いていた。吾妻清貴《あづまきよたか》は自分の部屋の窓からそれを見つめている。まだ五歳の清貴には窓枠は高く、ゆえに学習机の椅子《いす》を引っ張ってきて、その上に乗っているのだ。そうすると、月が少し近くなったかのように感じられる。

緩やかな風が入ってきて、清貴の黒髪をさやさやと揺らす。それが頬《ほお》をくすぐって、清貴は指先で髪を後ろにやった。それでもなお、彼は月を見つめている。

「月にはうさぎが住んでるって、本当かな？」

今日の月はうさぎではない、人の横顔をなぞっているように見えた。それは知っている者の顔にも見えるし、知らない誰かの顔にも見える。

「はぁ……」

清貴はため息とともに、月を見つめた。邪魔する雲のない月は眩《まぶ》しいほどで、清貴は何度もまばたきをした。これほど満月が美しく見える夜も珍しい。

なぜ自分が、これほど月に惹《ひ》かれるのかはわからない。いつから、ということも記憶にはない。物心ついてから、としか言いようがなかった。清貴は手を伸ばす。そうすると月に触れられそうだと思ったのだ。

「あ」

清貴が伸ばした手が、なにかを感じた。まるで見えない手が、清貴の手を握ったように感じられる。その力は優しく、清貴を歓迎し連れていこうとしているかのようだった。

「清貴！」

背後からいきなり声をかけられて、清貴は驚いた。椅子から転がり落ちそうになり、そんな彼を抱きとめたのは母親だった。

「なにしてるの……そんなところに登って」

「お母さん……」

母親は驚くほどに強い力で、清貴を抱きしめた。そんなふうに抱きしめられたことのない清貴は目を見開き、まるで清貴が消えるのを恐れているかのような力にますます驚いた。

「なにしてたの」

「月……見てた」

清貴がそう言うと、母親は大きく震えた。そんな反応に、清貴も震える。

「月は、見ちゃだめ」

呻《うめ》くように、母親は言った。

「特に、満月のときは。満月に向かって手を伸ばしちゃ、だめ」

「……だめ？」

母親の腕の中で、清貴は首を傾《かし》げる。ええ、と母親は厳しい口調で言った。

腕の中で守られながら、清貴はカーテンの引かれてしまった窓のほうを見やった。手を摑《つか》んできた感覚は、決していやなものではなかったのに。母親はなぜ清貴を止めたのだろう。その疑問はずっと、清貴の心の中に残り続けた。

◆

それは清貴が中学二年生の、秋のことだった。

彼が通っている中学校では、秋に文化祭がある。清貴のクラスでは芝居を出しものとすることが決まり、その演目は『かぐや姫』だった。

「きれいにできた」

満足そうに息をついたのは、同じクラスの女子たちだった。そんな彼女たちの前で、膨れているのは清貴だ。

「どうして俺が、化粧なんかされなくちゃいけないんだよ……」

「まだ文句言ってるの」

女子のひとりが、清貴の顔を覗《のぞ》き込みながら呆《あき》れたようにそう言った。もうひとりの女子が手鏡を突きつけてくる。

「うわっ!」

「ほら、自分でも思わない? すっごく似合ってる」

「う……」

清貴は視線を逸《そ》らしていたものの、ちらりと鏡を見る。そこにいたのはまるで女で、清貴は顔を引きつらせた。

「吾妻くんは色も白いし、ニキビとかもできてないし、絶対化粧映えすると思ったのよね!」

「ほかの男子だったらメイクなんてとんでもないけど、吾妻くんだったら、絶対いけると思ってたから」

女子たちははしゃいでいるが、清貴は一緒に喜ぶ気になどなれない。大きなため息をついていると、ざわざわとたくさんの人たちがやってくる足音が聞こえた。

「うわっ、吾妻? まじで?」

「似合いすぎ、怖いんですけど……」

「俺が一番いやなんだから、そんなこと言うなよ」

悪い悪い、と言いながらも同級生は、遠慮もなく清貴を見ている。清貴が思わずそっぽを向くと、そこに現れたのは、色とりどりの布を抱えた男女だった。

「メイク終わった？　じゃ、これ着てね」

目の前に広げられたのは、十二単《じゅうにひとえ》である。もちろん中学生が見よう見まねで作ったものだから縫い目も怪しいぺらぺらの衣装だけれど、少し離れて見れば、それっぽく見えないでもない出来だった。

「吾妻くん、ますます美人になった」

「美人とか言うな……」

今現在の清貴は、宇宙一機嫌が悪い。しかし一方的に押されてしまったとはいえ、最終的にかぐや姫になることを了承したのは清貴だ。責任は最後まで取らなければならない。

ちなみにかぐや姫に求婚する貴族の男たちは、すべて女子が配役されている。

ついでにロングヘアのウィッグまでかぶせられて、口をへの字に歪《ゆが》めたまま、清貴はステージになる体育館まで連れていかれた。衣装が足にまとわりつくのでゆっくりとしか歩けず、移動の間にはすれ違った学校中の者たちの視線を浴びて、もうこのまま走って逃げようかと思った。しかしかぐや姫がいなくなっては同級生たちが困るだろう。そう思って、懸命に羞恥《しゅうち》に耐えた。

幕が開き、芝居がはじまる。十二単を着た清貴の出番は後半で、しきりにメイク直しをしたがる女子に抗《あらが》いながら、清貴は出番を待つ。

誰でも知っているお伽話《とぎばなし》である。特に驚くような展開もなく、清貴は舞台に出ていった。巻き簀《ます》をいくつもくっつけて作った御簾《みす》の後ろに座っているときはそうでもなかったけれど、御簾から顔を出すシーンでは、なぜか会場に拍手が起きた。

「わたしは、月に帰らなくてはなりません」

必死に覚えた台詞《せりふ》を、清貴は口にする。

「おもうさま、おたあさま。今までお世話になりました」

そう言って清貴は、天井を仰ぐ。そこには金色の紙で作られた満月が吊《つ》るされている。

(満月……)

それを見て清貴は、はっとした。本物の美しさには敵《かな》うべくもない。しかし清貴の目には、まるで本当の満月のように映ったのだ。

(満月を見ちゃいけないって、お母さんが)

それは小さいころから言われていることだった。清貴はその言いつけを守ってきた。しかし今、目の前にはきらきら光る満月がある。

(……あ)

清貴は手を伸ばした。届くわけなどがない、それでもそうせずにはいられなかったのだ。

(あのとき、誰かが俺の手を摑んだ)

あのころの清貴は幼かったけれど、いまだにそのことを忘れてはいない。あのとき感じた、連れていかれそうな力。それでいて無理やりにではない、清貴の意思を尊重してくれている優しい力だった。

（あれはいったい、誰なんだろう）

久々に蘇《よみがえ》った記憶に、清貴は自分が演技の途中であることを一瞬、忘れた。本気で満月に近づこうとし、しかしあれは作りものの月であり、自分を呼ぶ者などいないことに気がついた。

（あ、やば）

急いで意識を引き戻し、台詞を口にする。芝居は滞りなくスムーズに進み、清貴はほっとした。

胸のうちでは、昔から感じていた、月に惹かれる気持ちがますます大きくなっていた。

◆

中学生のころ感じた、あの感覚。強烈な記憶。それは清貴の脳裏に焼きついていて、大学生になった今でも鮮やかに思い出せる。

それは清貴が大学の三年生になった春。今日は朧《おぼろ》月夜で、月ははっきりと見えない。そんな夜の道を、清貴は歩いていた。

「……ん？」

誰かに呼ばれたような気がした。振り返ったけれど、人影はない。気のせいだったかと清貴はまた歩きはじめ、しかし再び呼ばれたような気がする。

反射的に清貴は、また振り向いた。やはり誰もいない。

(前も……こういうこと)

清貴は記憶を蘇らせようとした。誰かに呼ばれたような気がするのに、まわりには誰もいない。そういうことが今までも何回かあって、そのことを思い出すと清貴は、小さく笑った。自分に呆れたのだ。

(もう、いい加減に慣れればいいのに)

清貴は前を向き、歩きはじめた。呼ばれているような感覚が気のせいであろうとなかろうと、清貴に害をなすような気配もないのだから、ただ気にしなければいいだけの話だ。

清貴は朧月を見た。靄《もや》の向こうには輝く月があるのだろう。それを久しぶりに見たいと思ったが、それでも母親を悲しませるのは本意でないから、そんな心を押し殺し、そのまま歩いて家路についた。

風に当たろうと、清貴は自室の窓を開けた。ふと顔をあげると、空に素晴らしい満月が輝いていることに気がついた。雲が邪魔をすることもなく、月はくっきりと鮮やかに輝いている。

清貴は、窓から身を乗り出した。今まで見たことのないような満月。金色に輝く月に、少しでも近づきたいと思った。

「あ……」

月の振りまく光の中、見つめていると吸い込まれるような感覚がある。まるで自分の体重がなくなって、あちらに吸い込まれていきそうだ。反射的に清貴は手を伸ばす。するとぎゅっと手首を摑んでくる感覚があった。

「え、っ……！」

ただ力を感じただけで、目にはなにも見えない。清貴に見えているのは月の光だけで、それが手のような質量をもって清貴の腕を引っ張っているのだ。

「な、なに……？」

力はだんだんと強くなるが、しかし痛みは伝わってこない。自分の体が徐々に地面から浮き、摑んでくる手の力に従って外に出ようとしているのが清貴には感じられる。

「やっ……やだ、っ……！」

清貴は力を振り払おうとしたが、それは無駄な抵抗だった。清貴は引っ張られるままに窓から外に出ていて「落ちる！」と感じたのと同時に、そこから世界が真っ白になった。

2

はっ、と息を吐いて、清貴は何度もまばたきをした。尻餅《しりもち》をついたらしくずきずきと痛くて、手を尻にまわして撫《な》でる。

撫でながらまわりを見ると、一面の緑だった。鬱蒼《うっそう》とした森、とはこのような光景をいうのだろう。

「ここ……どこ」

清貴は見えない力で引っ張られて、窓から落ちそうになったはずだ。自宅のあるマンションのまわりには確かに生垣があるけれど、この緑は生垣などではない。ここは、どこかの見知らぬ森だ。

「俺……なんで」

「きゅるるる」

いきなり声がして、清貴は「わっ！」と勢いよく体を引いた。傍らにいたのは真っ白な毛並みの猿のような生きもので、じっと清貴を見つめている。

「きゅる？　きゅるるる？」

「なんだ、おまえ……？」

見たことのない生きものではあるが、どこかかわいらしい。思わず手を伸ばして撫でようとすると、白い猿は「きゅる、きゅるるるる！」と叫び声をあげて、逃げていってしまった。

「驚かせたかな？」

なんとなく置いていかれたような気分とともに、清貴は立ちあがった。白い猿が走っていった方向に歩いていくと、「きゃあ！」と子供の叫び声がした。

清貴は走った。子供の声が近くなり、清貴は慌ててそちらに向かう。森の中で、姿が見えてきた。五歳くらいの子供が騒いでいる。

「あっ」

思わず清貴は声をあげた。白い髪をしたその子供の右足は、金属製の罠《わな》に挟まれていたのだ。

「大丈夫⁉」

清貴は駆け寄り、罠に手をかけた。子供の足を挟んでいる仕掛けを力ずくで広げると、子供の足が抜けた。

「わっ！」

子供は驚いて悲鳴をあげた。しかし同時に驚いたのは、清貴のほうだった。

子供の頭の上には、うさぎのようにぴんと長い、白い耳が生えている。見れば尻には丸くて柔らかそうなしっぽもついていて、どうやらふざけてつけているのではない、生まれつきついているもののようなのだ。

「ありがとう、ありがとう！」

子供は大きな声で礼を言った。清貴にしてみれば、大したことはしていない。ああ、と頷《うなず》いてなんとなく頭に手をやった。

「あなた、なんて名前？」

「あの……清貴、だよ」

どういう口調で接していいものかわからない。清貴は子供との距離を測りながら、慎重にそう言った。

「清貴っていうの？」

子供は首を傾げた。

「変なお名前だけど、でも優しい人だ！」

しかしその子は罠にかかっていたのだ。怪我《けが》がひどいらしい。赤い目にじわりと涙を浮かべている。

「痛いよな。かわいそうに……」

清貴は、うさぎ耳の子供の傷をじっと見た。赤い血が滲《にじ》んでいる。思わずそっと手を添えた。そのようなことをしても、なににもならないのに。

「ん？」

　自分の手のひらがなんだか温かい。どうしたのかと思って手を引っ込めると、子供の傷が塞《ふさ》がっている。血の痕《あと》が少し残っているだけで、もう痛くもなさそうだ。

「すごい！　あなた、魔術師なの？」

「そんなんじゃないけど……」

　いったいなにが起こったのか、清貴のほうが知りたい。首をひねりながらそう言うと、子供は手をあげてばんざいをした。

「よかった、よかった！」

　子供は楽しそうに踊りはじめた。清貴はそれを唖然《あぜん》と見ている。

「あ、僕はね、アザミ！」

　うさぎ耳の子供が言った。

「僕はね、うさぎなんだ。人間の姿を取ってるけど、うさぎなんだよ！」

「へぇ……」

　そう言われても、清貴は目を見開くしかない。アザミはまた踊りはじめた。

（でも、いったいここは……？）

　清貴はまわりをきょろきょろと見まわした。やはり緑の濃い森の中。アザミの姿を見ると、ゆったりとした貫頭衣をまとっている。緑の衣服は、アザミの容姿にぴったりと合っていた。

(俺の住んでいた、現代日本でないことは確かだ)

なぜ自分がここにいるのかはわからないけれど、それだけは確信できた。

「清貴は、すごいいい人だから」

アザミが元気な声を立てた。

「お城に連れていってあげる！　お城はねぇ、すごいところなんだよ」

「お城……？」

アザミは清貴の手を取り、立ちあがらせる。そして怪我などなかったかのような勢いで、走りはじめた。

「わっ、ちょっと、ちょっと！」

「誰に会うかな？　アスランさまかな、カヤさまかなぁ？」

しばらく走ると、ひらけた場所に出た。土を踏み固められてできた道を、馬車や馬が走っている。徒歩の者も多く、皆アザミと似たような衣装をまとっていた。

「あそこがお城だよ！」

アザミが指差した先には、大きな白い建物があった。たくさん伸びている尖塔《せんとう》の先は丸く、天に向かって尖《とが》っていて、いろいろな色に塗りわけられている。まるでお伽話のワンシーンだ。アザミは迷うことなく石畳を歩いていく。大きな門扉があって、そこには衛兵がいたけれど、アザミを見ると門を開けてくれる。

「そちらのかたは？」

衛兵はもっともなことを聞いた。アザミが声をあげる。

「清貴だよ。僕が罠にかかったの、助けてくれたの。清貴が手をこうやるとね、怪我が治っちゃうんだよ！」

「ほぉ、それはすごい」

感心した声を出した衛兵は、そのままふたりを通してくれる。自分でも理解できない不思議な力なのに、アザミも衛兵も、感心しこそすれ特別に不思議には思ってないようだ。

城の中に入ると、床は大理石だった。靴のまま歩くのは申し訳ないような、磨き抜かれた白い床だ。

「まずは、アスランさまに会ったほうがいいね」

明るい声で、アザミが言った。

「アスランさまにお願いすれば、きっといろいろ聞いてもらえるよ。清貴に会ったらお喜びになるだろうねぇ」

アスランとは何者か。先ほど名が出たカヤという人物も、どのような者だろうか。彼らに会うことで、清貴の身にはなにが起こるのか。

期待と不安に胸を高鳴らせながら、清貴はアザミに手を引かれて歩く。

「あ、カヤさま！」

清貴の胸がどきりと鳴った。向こうから歩いてくるのは、鮮やかな金色の髪、紫の瞳を持った男性だった。年のころは、二十歳《はたち》の清貴と同じくらいか少し下のあたり。背はそれほど高くないが、筋肉のつきかたのバランスがいい。

なによりも印象的なのはその紫の瞳だ。磨かれた宝石のようなそれはなにかいたずらでも企《たくら》んでいるかのようにきらきらと光り、彼の目に視線をとらえられてしまう。思わず見とれてしまって、清貴はふるふると首を振った。

（男相手に、見とれてどうする！）

アザミは、カヤという人物の前にぽんと飛び出した。

「この人、清貴っていうの。罠にかかった僕を助けてくれて、怪我も治してくれたの！」

アザミが言うと、カヤは「ほぅ」という顔をする。やはり、特に驚いた様子には見えない。

（この世界では、あたりまえのことなのかな……？）

カヤは清貴の前に立ち、首を傾げた。どうやら清貴のことを検分しているようで、居心地の悪さに清貴はもじもじとした。

「アザミが人間を拾ってくるとは、珍しいね。それとも……人間じゃないのかな？」

「お、俺は人間ですっ」

清貴は思わず声をあげてしまい、カヤがくすくす笑う。

「わかってるよ、アザミを救ってくれたというしね。ありがとう」

「いえ……別に、大したことでは」

ひょこりと頭を下げたカヤに、清貴は戸惑ってしまう。興味津々に清貴を見ているカヤだけれど、悪気は感じられない。心の底から好奇心でいっぱい、という感じなのだ。

（なんか、ちょっと……子供みたい）

清貴は、心の中で小さく笑った。

（この人は……どういう人なんだろう。王宮にいる人だけど、使用人には見えない……どっちかというと、貴族とか、王族とか）

そんなことを考えて、清貴は肩をすくめた。王族だったらどうしよう。自分は無礼なことをしていないだろうか。なにしろ清貴は、右も左もわからないのだから。

カヤが、はっとしたように後ろを振り向いた。そこに立っていたのは、背が高くて淡い赤の髪、水色の瞳をした人物だった。細い銀縁の眼鏡《めがね》をかけている。

「アスラン」

カヤはそう言って、少し眉根《まゆね》に皺《しわ》を作った。カヤにとって苦手な相手なのだろうかと思う清貴の前に、アスランと呼ばれた青年が歩いてくる。彼は清貴より年上のようだ。

（なんだか、すごく……真面目《まじめ》って感じ。ちょっとしたことで、すぐ怒りそう）

そう思った清貴の心が読めたわけではないだろうが、アスランはじろりと清貴を見る。

清貴は思わず首をすくめた。

「何者だ、おまえは」

アスランが言った。清貴が頭を下げて挨拶《あいさつ》をしようとしたところへ、アザミが口を挟んだ。

「森の中にいたんだよ。僕が罠にかかって困ってたの助けてくれて、怪我も治してくれたんだ！」

「怪我を、治した……？」

アスランは顎《あご》の下に手を置いて、訝《いぶか》しむような声で呟《つぶや》いた。清貴は思わず小さくなってしまう。清貴の不思議な力を初めて訝しがった人物だ。もっともこの反応こそが、あたりまえなのだけれど。アスランは常識的な人物だ。清貴はそう思った。

「ね、だから清貴はいい人だよ。どこから来たのか、僕にはわかんないんだけど。お城に置いてあげてもいいよね？」

アザミが甲高い声でそう言ったけれど、アスランはなおも清貴を訝しんでいるようだ。

彼の水色の視線に、清貴はたじろいでしまう。

「いいんじゃない？　アザミがこれだけ気に入っているんだ。よからぬ者じゃないことは、

確かだ」

そう言ったのは、カヤだった。彼は腕を組んでアスランを睨《にら》んでいて、アスランも同じく厳しい視線を向けている。

(仲、悪いのかな?)

なぜだか清貴がどきどきしてしまい、ふたりを交互に見る。しかしカヤとアスランはふいと互いを見る目を逸らせ、アスランが清貴に問うた。

「どうやって、あの森にやってきた?」

「気がついたら、あそこにいたんです。どっかから落ちてきたみたいで、尻を打って……痛かった」

清貴の言葉に大声で笑ったのはカヤだったけれど、アスランは眉ひとつ動かさない。そのようなところもまた、性格の違いが表れていると思った。

「その、奇妙な服……確かに、青い星からやってきたという説明には足るな」

「青い星?」

清貴は思わず天を仰いだ。しかし今は昼間で、眩しく光る太陽が空にあるばかりだ。

「アザミの怪我を治したと?」

「はぁ……それは、自分でもよくわからないんですけど」

便利な力だとは思うが、もしかするとあのとき一回だけだったのかもしれない。今はまわりに怪我をしている人がいないので、試しようもなかった。

「青い星から来た者は、不思議な力を持っていることが多い。その点からも、おまえの出自を確かめることができるが」

そう言って、アスランは口を閉じた。カヤは面白そうな顔をして清貴たちを見ているが、口を挟もうという様子は見せない。

「ここは、金の星。その北方に位置する、マヴィボルジ王国だ」

「マヴィ……？」

言いにくい名前だったので、清貴は舌を嚙《か》みそうになった。そんな清貴を片目だけで見て、アスランは言った。

「おまえがそのつもりなら、我が国は青い星からの客人を歓迎しよう。この王宮の隅に、おまえの部屋を用意してやろう」

「そうなんですか……ありがとうございます」

清貴はほっとして、頭を下げた。なにしろ、着の身着のままなのである。表に放り出されれば、見知らぬ世界でホームレスになってしまう。

顔をあげると、なおもにやにやしながらカヤが清貴を見ている。カヤがなにも言わないのは、アスランよりも地位が低いからなのだろうか。確かにアスランの水色の瞳は理知的で、上に立つ人物として相応《ふさわ》しいように思える。

「あの……俺」

だから清貴は、謎に思っていたことをアスランに訊《き》いた。

「どうして俺は、この……マヴィボルジ王国に、来たんでしょう？　もとの……青い星には帰れるんでしょうか？」

「さぁ」

アスランは、拍子抜けするくらいにあっさりとそう言った。

「そのようなこと、私が知っているわけがない。すべては神の思《おぼ》し召しだ」

「そうですか……」

肩を落としてしまった清貴を、慰めるようにアスランは言った。

「しかし、ものごとには必ず理由がある。おまえがここに来たことには、確かに意味があるのだ」

「そう、なんですか」

それを聞いて、清貴にはアスランの言うとおり自分がここに来た意味があるように思えたのだ。それは理屈ではない、身を貫く直感だ——心の奥から感じる衝動だ。清貴は、反射的に胸に手を置いた。

「意味が、あるんですか」

「ああ」

清貴の言葉に、アスランは頷いた。

「この世に、無意味なことなどない。おまえの存在にも、もちろんわけがある……ゆえに、ここにいるのだ」

清貴はアスランの細めた目を見、面白そうな顔をしているカヤを見、わくわくする心を隠しもしないアザミを見た。

「アスランさま、清貴のお部屋はどこ？　僕が案内してあげる」

アザミは清貴の手を取って、ぶんぶんと振りまわした。それに体のバランスを崩されそうになりながら、清貴はアスランを、そしてカヤを見た。アスランは目を細めてなにかを考えているようだし、カヤは清貴をどうからかおうか企んでいるように見える。

（俺、この先……どうなっちゃうんだろう）

アザミに手を取られたまま、清貴は考えた。

（いきなりこんなところに来て。この世界って……いったい、どういうところ？）

好奇心をそそられないわけではない。しかしそれ以上に不安が勝って、清貴は大きくため息をついた。


大きな城は、大理石かなにかで作られているのだろう。

清貴が歩く回廊も、ぴかぴかに磨きあげられた真っ白な場所だった。等間隔に背の高い柱が並んでいて、長い回廊の陽の射さないところはひんやりと冷たい。

「僕、お城のこんなところに来たの、初めてだよ！」

清貴の手を取って、アザミがぴょんぴょんと跳ねている。初めて会ってから、アザミは清貴のそばを離れない。アザミが賑《にぎ》やかにしてくれるおかげで、清貴はいきなり見も知らぬ世界に迷い込んだ不安を感じずに済むのだ。

「ねぇね、ルアン！」

アザミが白い耳をぴくぴくさせながら、声をあげた。

「清貴のお部屋、まだ？　まだ着かないの？」

清貴の前を歩いているのは、黒髪の背の高い男性だ。彼は振り向いて、緑色の目を細めた。その笑顔に清貴はどきりとしてしまい、そんな自分に驚いた。

(最初に会ったときから……この人はやたらに、俺をどきどきさせる)

部屋に案内してくれるということで、ルアンというその男性に会ったときから、視線が合うといちいち胸が跳ねる。それは彼が、たとえれば名人の手になる彫刻のような完璧《かんぺき》な美貌《びぼう》を持っているせいだろうか。

(いくら美人だっていっても、男だし？)

ルアンの後頭部を見つめながら、清貴は自分にそう言い聞かせた。

（男にどきどきするなんて、おかしいから。それともどきどきするのは、ほかの理由からなのかな？）

悩む清貴の心を知るはずもないルアンは、早すぎず遅すぎずのスピードで回廊を歩く。それはこの場に慣れない清貴を気遣っての速度だと感じた。

「もうすぐですよ。そこを曲がって、すぐです」

「この先、なんだか寒いね」

アザミが、ぶるりと身を震わせた。

「清貴のお部屋、陽が射さないかもしれないね。そうしたら、寒いね」

ぎゅっと自分を抱きしめて、アザミは上目遣いに清貴を見てくる。

「清貴は、寒いの平気？」

「寒いのは……俺も、いやだなぁ」

清貴がそう言うと、ルアンが振り返った。彼は温和そうな顔でにっこりと笑って、清貴をほっとさせてくれる。近づきがたいばかりの美貌でも、笑えば親しみが湧《わ》いた。

「寒くはありませんよ。多少……陽当たりは悪いかもしれませんが、ちゃんとしたお部屋です」

彼に従って回廊を右に曲がると、いくつかの扉が目に入った。

「一番奥です」

そう言ってルアンは、奥の大きな扉を指し示した。重そうな木の扉には豪華な細かい彫りものがあったので、城の隅の見捨てられた部屋かもしれない、という危惧《きぐ》は免れた。

「どうぞ、お入りください」

ルアンが扉を開けると、少しばかり饐《す》えた匂《にお》いがした。長い間使われていなかったのだろう。しかし埃《ほこり》っぽさはなく、きちんと掃除が行き届いているのだと思った。

「わぁ……」

部屋の中も、やはり白かった。壁も床も、磨かれた大理石が敷き詰められている。窓は大きく、陽当たりの心配は杞憂《きゆう》だったと知る。中央には不思議な模様の絨毯《じゅうたん》が敷かれていた。部屋の奥には大きなベッドがあって、たくさんのクッションが積まれている。

「別に、陽当たり悪くないじゃないですか」

清貴がそう言うと、ルアンは微笑《ほほえ》んだ。その笑みに、清貴は思わず見とれてしまう。彼はあまり口数が多くはないが、ふとした仕草や表情に、清貴には感じるものがあるのだ。

「広い部屋……夜、怖そう」

「怖いんだったら、一緒に寝てあげるよ？」

アザミがぴょんぴょんと飛びあがりながら言う。清貴は「ありがとう」と微笑みかけて、ルアンについて部屋の中に入った。

「わっ、この絨毯……目がすっごく細かい」

「我が国の特産のひとつが、絨毯の生産です」

まるでなにかの科目の授業のように、ルアンはそう言った。その話しかたがどこか事務的なのが気になったけれど、それはただの性格というものだろうか。

「王宮を歩けば、あちらこちらで絨毯を見ることがあるでしょう。同じものは、ひとつとしてありません」

「へぇ……全部、手作りなんだ」

窓際に向かって、大きなクッションが置いてある。

(あそこに座って、外とか見るのかな)

そのようなことを考えながら、清貴は部屋中をぐるぐるとまわった。

「あ、トイレがある」

「憚《はばか》りどころは、すべての部屋にあります」

どこか誇るように、ルアンは言った。この国の文明度合いがどのくらいなのかはわからないけれど、どこにでもトイレがあるというのはありがたい。

「でも、風呂《ふろ》はないんだね」

「王宮にはハマムがあります。さすがにすべての部屋にとはまいりませんが、ハマムはいつでも使用できます」

「ハマムって？」

「蒸し風呂です。湯殿はありませんが、湯の蒸気で温まります」

ルアンはそう言って、頭を下げた。彼はこの部屋に備えつけてあるものはなにを使ってもいいこと、そして食事の時間を教えてくれた。

「食事は、時間になれば王宮中の者に振る舞われます。清貴さまのぶんは、私が運んでまいります」

「運んできてくれるんですか。じゃあ、一緒に食べられる？」

そう言うと、ルアンは不思議そうな顔をした。なにを言うのか、という表情である。

「えっ、じゃあこの部屋で、俺はひとりで食べるの？」

清貴は、改めて部屋を見まわした。十畳ぐらいはありそうな広い部屋だ。ここでひとりぼっちで食事をすることを考えると、なんだか気が滅入った。

「清貴、ひとりぼっちはいや？」

「そりゃ、いやだよ。さみしいじゃないか」

そう言って清貴は、ベッドのカバーを折り返しているルアンを見た。

「ルアンは？　一緒に食べませんか？　本当にだめなの？」

「私は、清貴さまの側人《そばびと》です」

冷静な口調で、ルアンは言った。

「側人はあくまでも側人。お食事をご一緒するなど、僭越《せんえつ》です」

「僭越って……」

清貴はこの王宮の居候でしかないのに、ルアンはずいぶんと腰が低い。側人なんて役目の者は初めて見たけれど、そういう者はすべて、このように腰が低いのだろうか。それともルアンが、特別なのだろうか。

「じゃあ、清貴、僕が一緒にいてあげる！」

アザミは、ぴょんと跳ねた。

「一緒にごはん、食べてあげる。寝るときも一緒だよ！」

アザミはきゃんきゃんと賑やかだが、こうやって親しみを持ってくれるのは嬉《うれ》しい。見知らぬ土地で心細い気持ちが、少し温かくなる。

ルアンは部屋の隅々にまで目を向けている。やがて部屋のチェックが済んだのか、彼は振り向いて微笑んだ。

「清貴さまにおかれましては、このお部屋でつつがなくお過ごしになられますように」

「はい……」

清貴が頷くと、ルアンはまた微笑んで部屋を出ていった。ぱたんと扉が閉じる。広い部屋にふたり取り残され、清貴はいささか呆然《ぼうぜん》と、ルアンの去っていった方向を見た。

窓のほうを向くと、寝心地のよさそうな大きなクッションがある。それを見ると、清貴はにわかに疲れを感じた。

「なんだか、疲れた……」

「じゃあ、お昼寝するといいよ」

アザミは清貴の手を取って、クッションに誘ってくれる。腰を下ろすと、体が吸い込まれるように感じた。

(わぁ……人間をだめにするクッションだ)

清貴が大きく息を吐くと、アザミは彼を見やりながら、クッションのまわりをぐるぐるとまわっている。

「清貴、寝る?」

「……うん」

クッションに吸い込まれ、すでに意識が朦朧《もうろう》としはじめた清貴は、ぼんやりと曖昧《あいまい》な返事をした。

「じゃあ、ごはんのときにまた来るよ」

アザミは賑やかに去っていった。それを少しさみしく感じたけれども、突然の異変に巻き込まれて疲れた清貴の意識はすぐに沈んでいって、やがて清貴は眠りに就いた。


目が覚めたのは、なにか美味《おい》しそうな匂いがしたからだ。

「……ん」

微かに声をあげて目を開けると、目の前の低いテーブルにはいくつもの盆や皿が並べられているのだ。

「お目覚めになられましたか」

「ルアン……」

清貴は体を起こそうとしたけれど、なにしろ人間をだめにするクッションだ。なかなか起きあがれなくて、見かねたルアンが手を貸してくれた。

「よっこいしょ、っと」

テーブルの上には、美味しそうな食事が乗っている。緑がかった色のスープ、緑と赤のサラダ、籠《かご》の中の固そうなパンに塗るのであろう白いペースト、大きなピーマン状の野菜に米が詰めてある一品。豆の入ったトマトふうの煮込み、茄子《なす》に似た野菜の中に赤いざく切りの野菜が詰めてある料理。

「わぁ……」

テーブルを彩る豪華な料理の数々に、清貴は歓声をあげた。ルアンは落ち着いた表情ながらも、どこか嬉しそうだ。

「すっごく美味しそうだけど、ひとりじゃ食べきれないよ……」

「では、うさぎの精霊を呼びましょう」

どうあっても、ルアンは清貴の食事に相伴するつもりはないらしい。ルアンは部屋から出ていく。少しさみしく感じながら、添えられていたスプーンでスープをかきまわしていると、遠くから賑やかな声が聞こえてきた。

「清貴、ごはん食べるの？　僕も食べる！」

アザミが走って部屋に入ってくる。彼はテーブルの向こう側に座り、並べられた料理を目を輝かせて見ている。

「ねぇ、一緒に食べよう？」

「うん。いただきます」

清貴が手を合わせると、アザミは不思議そうに首を傾げた。

「なに、それ？」

「俺の国では、やるんだ。食べる前と食べたあとに」

「ふぅん」

アザミも清貴を真似《まね》て、ふたりは食事をはじめる。清貴が最初に口にしたスープは、豆の風味が素晴らしい逸品だった。

「美味しい……」

「でしょ、でしょ？」

嬉しそうにアザミが言う。

「ここのごはんは、本当に美味しいんだ。僕もしょっちゅう、食べさせてもらってる」

「アザミは……」

白いペーストをパンに塗りながら、清貴は首を傾げた。

「どこに住んでるの？　この、お城の中じゃないの？」

「僕は、うさぎだよ！」

アザミが元気な声で言った。

「うさぎは、森に住んでるんだ。でもときどき、お城に遊びに来るの」

フォークで器用にひと口ぶんを切りわけながら、アザミが言った。

「お城の人、みんないい人！　みんな僕を構ってくれるんだ！」

アザミはそう言いながら、茄子状のものを頬張った。

（自分はうさぎだって……耳を見るとそうだけど、でもそれ以外は、人間の子供に見えるけどなぁ？）

豆の煮込みをすくいながら、清貴は考えた。しかしここは金の星なのである。青い星の常識は、通用しないのだろう。

（とりあえず、食べものは普通でよかった）

トマト風味の豆は、やはり美味だった。もぐもぐと咀嚼《そしゃく》しながら、清貴はアザミのおしゃべりを聞いていた。

「ごちそうさま」

ふたりがかりで、テーブルの上の皿はすべて空《から》になった。清貴が手を合わせると、アザミも真似をする。

「お済みでございますか」

まるで見計らったように、部屋に入ってきたのはルアンだ。彼とともに三人の女性がついていて、彼らは手早く食事の後片づけをした。

「あの、美味しかったです……すごく」

清貴が言うと、ルアンはその緑の瞳《ひとみ》に喜ぶような色を浮かべた。冷静な彼のそんな表情を見ると、清貴はなんだか安心した。

「厨房《ちゅうぼう》の者に、伝えておきます」

「お願いします」

女性たちが皿を運んでいって、残ったルアンはベッドの用意をしている。

「あの、風呂は……使わせてもらっていいんですか？」

「風呂ですか、かしこまりました」

ルアンが手を叩《たた》いた。すると先ほどとは別の女性が現れて、ルアンはなにごとか、彼女にささやいた。

「お風呂？　お風呂入るの？　僕も入る。お風呂、行く！」

アザミが騒ぎ出す。そんなうさぎの子を、ルアンは微笑ましげに見ていた。

（この人は、すごくいい笑いかたするなぁ）

ルアンに顔を向けて彼を見つめながら、清貴は思った。

（すごく優しそうだし……実際、優しいし）

彼と目が合い、清貴は思わず視線を背けてしまう。これではまるで彼を意識してしまっているかのようだけれど、自分でもなぜ目を背けてしまったのかはわからない。

「ルアンさま……」

先ほどの女性が戻ってきた。ルアンは頷いて、清貴に言った。

「風呂の準備ができたようです。まいりましょう」

ルアンを先導に長い回廊を歩いていく。しばらく歩くと、なにやら暖かく湿った空気が漂ってきた。

「わ、あったかい！」

アザミが嬉しそうに言う。

「なんだか、気持ちいいねぇ」

清貴は、くんと鼻を鳴らした。湯の、いい匂いだ。それだけでリラックスできるように感じる。

「こちらです」

細く湯気が抜けていくドアをルアンが開くと、ぶわっと湯気が流れ出してきた。目の前が真っ白だ。

「足もとに、お気をつけください」

ルアンは慣れた調子で中に入る。入ってすぐには小さな部屋があって、タオル一枚の男性がベンチに座っていた。顔が真っ赤なのは、蒸し風呂で火照《ほて》ってしまったのだろうか。

「ここで、服を脱ぐんだよ」

さっそくアザミが服を脱ぎはじめている。彼はまったく普通の子供に見えるのに裸になっても頭の耳としっぽは取れず、やはりあれは作りものではないということを確信する。

「わぁ、あっつい！」

アザミは、ぱたぱたと中に走っていって、声を張りあげている。

清貴は戸惑いながら、のろのろと服を脱いだ。傍らにはルアンが控えていて、彼の前で裸になるのには少し勇気がいった。

「ルアンは？　入らないの？」

「私は、側人でございますから」

食事に誘ったときと同じような口調で、ルアンは言った。それはそうなのかもしれないけれど、距離を感じて清貴は少しさみしくなる。

「わぁ……」

部屋の奥、湯気が流れてくるところに足を踏み入れると、足もとはつるつるの石だった。思わず転びそうになるのと、ルアンが「お気をつけください」と言うのは、同時だった。

「わ、……っ！」

「大丈夫ですか」

ルアンが、力強い腕で清貴を支えてくれる。その力の強さが意外で、思わずどきりとしてしまう。

彼とともに中に入っていく。すると先に入っているアザミの騒ぐ声が聞こえた。広い室内のあちこちには、石でできた台に座っていたり寝そべったりしている者の姿がある。

「ここにお座りください」

言われて座った石の台は暖かくて、体が芯《しん》から温まりそうだ。そこに座ってじっとしていると、どくどくと汗が出てくる。

（気持ちいいな、これ）

サウナが好きな人の気持ちがわかる、と清貴は思った。しばらくそうやって汗をかいていると、ルアンが布を持って現れた。彼は簡易な服に着替えていて、台の上に横になるよう清貴に言った。

「なにするんですか？」

「垢《あか》すりをさせていただきます」

その言葉に、ぱっと顔をあげる。確かに湯気で霞《かす》む室内で寝そべっている者の中には、人に体を擦《こす》らせている者もある。清貴は戸惑った。

「いや、いいです……普通に洗えれば、それでいいんで」

「そういうわけにはまいりません」

どこか強引な口調でルアンに言われ、清貴はおどおどと台の上にうつ伏せになる。ルアンは手慣れた調子で体を擦ってくれた。

「ルアン……上手だね」

「そうですか？」

食事の前まで寝ていたのに、また眠くなってくる。ルアンはてきぱきと作業を済ませ、清貴は足の指まで洗われた。くすぐったいのを我慢した。

「清貴、垢すりどうだった？」

仕上げに湯をかけられているところに、アザミが駆けてくる。うん、と清貴は頷いた。

「こんなの、初めてだったけど」

「なんか清貴、きれいになった」

「……きれい？」

清貴は思わず、顔を歪めた。

「なんか、お肌つるつる。唇が赤い」

そのようなことを言われて、喜ぶべきなのだろうか。するとルアンが、くすくすと笑っている。

「ハマムと垢すりで、血行がよくなったのですね。いい顔色をしていらっしゃいますよ」

「うん、清貴、きれいだね！」

「だから、きれいってのはやめろ」

そういうアザミも、白い肌がつやつやだ。清貴はアザミに手をつながれ、服を脱いだところに戻る。ルアンは白い貫頭衣を清貴に手渡してきた。

「こちらにお着替えください」

一面に刺繍《ししゅう》の施された豪華な衣装だ。新しいズボンも渡してもらい、そうやって着替えると心地よく、清貴は大きくため息をついた。

「こちらのお召しものは、いかがいたしますか」

この世界に来たときに着ていた服だ。ここで過ごすのなら、もういらないものだ。清貴は考えた。

「……置いておいてくれますか」

「かしこまりました」

衣服をたたみながら、ルアンは頷いた。

「洗って、保存いたします」

「お願いします」

またアザミに手を取られ、清貴は部屋に戻る。とはいえ、まだまだ不案内な王宮の中だ。ルアンが先導してくれて入った部屋にはところどころランプが灯《とも》っていて、幻想的な雰囲気に変わっていた。

「おやすみになりますか」

その雰囲気にいささか圧倒されていた清貴は、ルアンの言葉に「はいっ！」とアザミのような声をあげてしまった。

ルアンは微笑んで、ベッドの用意をしてくれた。アザミはさっそくベッドの上に乗って、ぽんぽんと跳ねて遊んでいる。

「こら、遊んでいると、清貴さまが眠れませんよ」

「だって、楽しいんだもん！」

アザミはなかなか言うことを聞かなかったが、ルアンは彼をベッドから追い出した。

「清貴さま、どうぞ」

「ありがとうございます……」

アザミが跳ねたせいでくしゃくしゃになったベッドに、清貴は潜り込んだ。するとアザミがするりと清貴の横に入ってくる。

「わぁい、あったかい。ベッド、ふわふわ！」

清貴が目を向けると、ルアンがひざまずいている。

「おやすみなさいませ」

「ルアンも、おやすみ！」

アザミが声をあげる。清貴は挨拶のタイミングを逃してしまい、あたふたとした。

「おやすみなさいませ。清貴さま」

「うん……おやすみ」

アザミはしばらくはしゃいでいたが、すぐにまるで糸が切れたように眠ってしまった。

(即落ち……)

清貴はアザミの頭を撫でながら、めまぐるしかった一日のことを反芻《はんすう》する。

清貴の落ちた森の中。白い猿のような動物がいた。そのあとアザミに出会ったこと。王宮に連れてこられたこと。カヤとアスランに会ったこと。部屋を与えられて、ルアンという側人がついてくれることになったこと。

(これから、どうなるんだろう？)

一日の疲れと、ハマムでリラックスできたことで、清貴も眠くなってくる。目を閉じて、今日会った人々の顔を思い返しているうちに、いつの間にか眠ってしまった。

ちちち、と小鳥の声がする。

清貴は、夢の世界からぼんやりと浮上した。今はなにもかも霞んでいて、自分がどこにいるのかもわからない。

「おはよう、清貴！」

元気なアザミの声がする。清貴の体を揺さぶっていて、そうされると意識が徐々にはっきりとしてきた。

「おはよう……」

「目が覚めた？　いいお天気だよぅ！」

そう言って、アザミはベッドから飛び下りる。清貴はまだ横になっていて、眠い目を擦っている。

「おはようございます」

ドアが開いて、入ってきたのはルアンだ。彼の姿を目にして、清貴は一気にすべてのことを思い出した。

（そうだ……俺は金の星にいるんだ）

ルアンは大きな脚のついたたらいのようなものを持っている。後ろには女性が三人いて、彼女たちはタオルや着替えを持っていた。

「どうぞ、お顔を洗ってください」

「え、ここで？」

たらいは、ベッドの上に置いてそのまま洗顔できるようになっているのだ。湯が入っているから相当重いはずなのに、ルアンは易々《やすやす》とそれをベッドの上に置いた。顔を洗って手を洗って、ベッドから下りると緑の地に白い刺繍の入った服を着せつけられた。それが似合うかどうか気になったけれど、この部屋の鏡はどこにあるのだろう。

「朝餉《あさげ》の用意をさせていただいても、よろしいでしょうか」

「あ、はい。いただきます」

アザミが、ごはん、ごはん、と騒いでいる。間もなく食事の用意が整った。夕食よりは皿数は少なかったが、それでもなにもかも美味しそうで、清貴は「いただきます」ももどかしく、食事をはじめた。

朝ごはんを終えて、部屋にはふたりが残された。清貴は大きな窓から外を見ている。そんな彼の後ろで、アザミがクッションの上で遊んでいる。

「清貴、遊びに行こうよ！」

アザミに言われ、清貴は頷く。

「なにして遊ぶ？　小さい子と遊ぶのは、久しぶりだけど」

「お城の探検しようよ。お城は、ものすごく広いんだよ。全部まわろうと思ったら、三日はかかる！」

「そんなに広いの」

清貴は驚いて目をみはる。そんな彼の手を、アザミが取った。

「お城の探検、行こう？　毎日ちょっぴりずつ見てまわったらいいじゃない」

「探検、したことあるの？」

清貴が尋ねると、アザミは「うん！」と頷いた。頭の上の耳が、ぴょこぴょこと動く。

「でもね、全部は無理だった。入っちゃいけないところも、たくさんあるし」

「入っちゃいけないところかぁ……」

そう聞くと、にわかに好奇心が揺さぶられた。清貴は扉を見て、そしてアザミを見た。

「行ってみる？」

「行こう行こう！」

清貴は笑いながら、アザミの手を握り返した。

回廊からの階段を下りて、眩しい陽の当たるところに出る。すると遠目に色とりどりの
――花畑だろうか。美しい光景が広がっている。

「あっちに行ってみない？」

テンションの高いアザミに手を引っ張られ、清貴は眩しい花畑のほうに歩いていった。

「わぁ……」

庭園に下り、緑の下草を辿《たど》って歩く。真っ白でぴかぴかに磨かれた王宮とは対照的に、

庭園は彩り豊かだ。むせかえるような緑、その中に散りばめられた赤、青、黄色、紫にオレンジ、ピンクに水色。

「すごい、花がいっぱい……」

「ねぇ、すごいでしょう?」

アザミが歌うように言いながら、あちこちを駆けまわる。その足もとには、無数に花が咲いている。アザミの足は器用に花のないところを駆けていて、花を踏みつぶすことはなかった。

色とりどりの花の中、白いうさぎ耳のアザミが駆けまわっている様子には究極に癒《いや》されるものがあって、清貴は目を細めてその光景に見とれた。

「……あ」

ざっ、と風が吹いて、緑がなびく。いろいろな花の香りが混ざってあたりに広がり、それに包まれるのもまた心地いい。そうやってずっと見ていると、この庭は不規則に花が咲いていているようで、実のところ計算されて植えられているのがわかった。だからアザミも花を踏まずにいられるのだ。

(すごい庭だな、ここ……)

なによりも、その広さに圧倒される。いったいどこまで行けば端に行き当たるのだろうか。目を凝らしても、終わりが見えない。ただただ広がる色彩の洪水に、清貴はくらくらとした。

「大丈夫？」

「……え」

声をかけられて振り向いた。そこにいたのは背の高い男性だ。なびく髪は水色で、こちらを見ている瞳は濃い青だ。色白で目鼻立ちのはっきりした、まごうかたなき美形で、清貴はしばし彼に見とれた。

「今にも、倒れそうな顔をしてるけど」

「え……俺、が？」

清貴は胸に手を置いて、目の前の彼を見つめた。彼はくすくすと笑っている。その笑いかたに、清貴は油断のならないものを感じた。

（きれいな人……だけれど、この人の前で気を抜いちゃだめだ）

「きみが、青い星から来た子か」

「まぁ……そういうことになってますけど」

彼が『青い星』の名称を出したことに、清貴は驚いて目をみはった。

「噂《うわさ》になっているよ」

清貴は首を傾げた。噂？　すると彼は、ますます楽しそうだ。

「俺は、ハヤットという」

訊いてもいないのに、彼は名乗った。清貴も名を言おうとしたが、ハヤットは遮った。

「知ってる。清貴……青い星から来た子」

いつの間に噂など広がったのだろう。清貴がこの国にやってきてから、そう時間は経っていないのに。

「どう？　金の星は」

清貴は首を傾げる。ハヤットは、くすくすと笑った。その笑い声も、また油断ならないものを感じさせる。

「聞いていないの？　ここは、金の星。きみがいたのは、青の星」

「そういうのは、前に聞きました」

慎重に、清貴は言った。

「ここは、金の星なんですね」

「そう、金の星の北、マヴィボルジ王国」

ハヤットは、どこか清貴を混乱させるような言いかたをする。清貴は少しむっとして、ハヤットを睨んだ。

「まぁ、そんな顔しないで」

清貴を宥《なだ》めるように、ハヤットは言った。そして笑う。

「俺でよかったら、王宮の中を案内するけど？」

「いいんですか？」

彼の物言いにむっとしたことも忘れて、思わず清貴は声をあげた。ハヤットは少し笑ってから手を差し出してきた。

「いいよ。行こうか」

「ハヤットさま！」

彼に手を取られかけた清貴は、甲高い声にそちらを見た。

「ハヤットさま、ずるい！　僕も連れていって！」

叫んだのはアザミだ。駆け寄ってきて、ハヤットと清貴のまわりをぐるぐるとまわった。

「もちろん、いいとも。しかしきみは、城の中なんて知り尽くしてるんじゃないのか？」

「そんなことないもん！」

アザミが声をあげた。

「お城の中は、面白いよ。何回行っても、新しいものがある」

ね、とアザミは声をあげて笑う。

「なら、みんなで行こう」

ハヤットは清貴の手を摑んだ。するとアザミがもうひとつの清貴の手を取った。

「どこから行く？」

三人は連れ立って——清貴はやや引っ張られる形ではあったが——庭園に踏み出し、左の道を行った。

「この先に、なにがあるの？」

「うふふ、秘密！」

清貴はハヤットを見る。すると彼も「秘密」という表情をした。清貴は首を傾げる。

「なに、あれ……？」

見えてきたのは木でできた大きな建物だ。背はそう高くなく、そして独特の匂いが漂ってくる。

「なんか……動物くさい」

「厩《うまや》だよ！」

アザミが叫んだ。

「馬がいっぱいいるの。たくさんいるから、お世話が大変なんだ」

厩に近づくと、厩番であろう者たちが忙しそうに働いている。訪ねてきた一行を見て、頭を下げた彼らに、ハヤットが手をあげた。

「いつも、ご苦労さま。今日は調子、どう？」

「おかげさまで、馬たちの調子も問題なく」

ハヤットの言葉に、厩の者たちは笑顔を見せた。清貴は厩など来たことがない。興味津々で中を覗く。中は等間隔に仕切ってあって、その中から何頭もの馬が首を出している。

白い馬、黒い馬、茶色に栗色と、馬の種類はさまざまだ。

「そちらのかたは……？」

厩番が清貴を見て言った。彼の口調があまりにも訝しそうだったので、清貴は少し不安になって、ハヤットを見た。

「青い星から来た子なんだよ」

「ああ、あの噂の……」

（やっぱり、噂になってるんだ）

そう思うと気が引けて、清貴は視線をうろうろさせてしまった。厩の手前につながれている白地に黒いまだらの馬が、じっとこちらを見ている。その黒い瞳の艶《つや》やかさに惹かれて、清貴はそちらに近づいた。

「その子は、アスランさまの馬ですよ」

清貴は、馬の目を覗き込む。黒くてきらきら輝いている。目が合った馬はじっと清貴を見つめてきて、その視線に清貴は少したじろいだ。

「この子は、特に足が速いんです。狩りのときなど、真っ先に駆けていって、獲物を追いかけます」

恐る恐る清貴は手を伸ばす。馬の頭にそっと触れると、馬が嘶《いなな》いて驚き、藁《わら》の上に尻餅をついてしまった。

「ははは、そんなに驚かなくても」

まわりは笑いに包まれて、清貴は羞恥に顔を熱くした。ハヤットが手を出して、清貴を引きあげてくれる。

「ありがとうございます……」

清貴は尻を払って、それからハヤットに案内されるままに厩を見てまわる。

「次は、畑に行ってみる？」

「畑ですか」

厩の者たちに挨拶をして、そこを辞す。明るい陽の射す庭園にはあちこちに彩り豊かな花が咲いていて、相変わらずはしゃいでいるアザミを追いかけながら、清貴は足取り軽く歩いた。

「あそこですか、畑」

「ああ、そうだね」

そちらは、花畑とは違う彩りの映える一角だった。きれいに均《なら》してある畝《うね》に、背の高い植物が植わっている。たくさんの赤い実がなっていた。

「なんですか、あれ」

「ここは、ファトロアの畑だよ」

「へぇ……」

聞いたことのない植物だけれど、ここは金の星なのである。青の星でも植物には詳しくなかった清貴だ、聞いてわかるわけがない。清貴がファトロアの畑に駆け寄ると、アザミもついてきた。

「トマトみたい……」

「これ、すっごく美味しいんだよ！　甘いの！」

アザミが叫んだ。

「甘いんだ」

トマトのような見かけで、甘い。清貴にはそれがしっくりとこなくて、首を傾げた。

「わ、っ！」

ファトロアの陰には三人の人がいた。大きな帽子をかぶっている男性たちに気がつかなくて、清貴は慌てて「すみません！」と声を立てた。

「おや、ハヤットさま」

「精が出るね」

後ろからついてきたハヤットが、軽く手をあげる。帽子の男たちは、揃《そろ》って頭を下げた。

そして訝しそうに清貴を見た。

「この子は、青い星から来た子。仲よくしてあげて」

「ああ、青い星から……」

ここでも、皆はすぐに納得した。青い星から金の星にやってくる者は、そんなに多いのだろうかと清貴は思った。

「ファトロア、ひとつくれない？」

ハヤットは軽い調子でそう言った。これほど丹精しているものを気軽にくれなんて、そのようなことを言っていいのだろうか。

「もちろんですよ」

一番年嵩《としかさ》の男性も軽く返事をして、赤い実をひとつもいだ。手渡されて、清貴はおっかなびっくりそれを受け取った。

「食べてみて。美味しいよ」

「はい……いただきます」

清貴はそっと赤い実を齧《かじ》る。イメージとしてはトマトだったけれど、アザミの言うとおり甘くて、果物のようだ。

「美味しいです」

「だろうね」

ハヤットは微笑んで言った。

「冷やしたら、もっと甘さが際立つよ。採れたてで冷えてたら、最高だね」

「これでも充分美味しいですよ」

ハヤットは手を伸ばし、清貴の食べかけのファトロアを取りあげた。彼は大胆に口を開けて頬張り、清貴は驚いて彼を見た。

「うん、これは美味しいね。当たりだ」

「僕も、僕も！　僕も食べる！」

アザミもひとつもらって、ふたりで齧りついている。齧りかけのファトロアからは、ぽたぽたと汁が落ちた。

「服、汚さないでね！」

なにがおかしいのか、笑いながらアザミが叫んだ。ハヤットはファトロアの可食部分を食べてしまい、しゃがんでヘタを土の中に埋めた。

（トマトみたいだけど、トマトじゃない）

ハヤットを見やりながら、清貴は思った。

（この城も……俺が知ってるもののような感じがするけど、でもちょっと違う）

清貴は空を仰いだ。抜けるような青空。ところどころに雲が浮いている。この光景も、やはり馴染《なじ》みのものであるような、それでいてやはり違う感覚があるのだ。

「清貴、どうしたの？　なにか、お空にある？」

「ううん」

アザミに笑ってみせながら、清貴はハヤットを見た。彼は最初に会ったときのように、なにを考えているのかわからない表情で清貴を見ている。

「次は、どこに？　厨房にでも行ってみる？　運がよければ、おやつをもらえるかも」

「おやつ！　どんなおやつだろう」

アザミが、耳をぴんと立てた。その光景に、清貴は笑ってしまう。

「厨房は、あっちだ。少し歩くよ」

ハヤットは指を差す。白い大きな建物から回廊でつながった、左側の棟にあるらしい。

三人はそこを目指すべく歩きはじめた。

「あ……？」

連れ立って歩いていると、見慣れた人影が現れる。清貴は少し驚いた。

「ルアン」

「ここにおいででしたか、清貴さま」

彼はそう言って、頭を下げた。顔をあげたルアンは、ハヤットを軽く睨みつける。

「ハヤットさま、勝手なことはなさらないでください」

「勝手なこと？　それはどういう意味かな」

ハヤットのほうが少し背が高い。ルアンは緑の目で、ハヤットに非難がましい視線を向ける。

「清貴さまは、こちらにおいでになって日が浅いのです。まだ王宮の中を自由に歩きまわる許可はいただいておりません」

「いったい、誰の許可がいるというんだい？」

ハヤットは不機嫌そうに眉を動かした。しかしルアンは動じる様子を見せず、軽く頭を下げて答えた。

「青い星からの客人は、公儀の管理下に置かれます。その指示もないのに、好き勝手に連れまわしていいものではありません」

「へぇ、お堅いねぇ」

からかうようにハヤットは言うが、ルアンは変わらず平静な表情をしている。ふたりに挟まれて清貴はどうしていいものかわからず、おろおろしてしまった。

「清貴さま、どうぞお部屋に」

そう言ってルアンは、清貴の手を取った。彼に手を取られて、少しどきりとする。

「ええ、厨房に行こうよ！　おやつ、ほしい！」

「おやつがお入りようでしたら、厨房係に持ってこさせます。まずは、お部屋にお戻りください」

「いや、俺は別におやつは……」

ルアンは清貴の手を握り、ぐいぐいと引っ張った。清貴は逆らえずに彼に連れ去られ、与えられた部屋までの道を歩く。

「ねぇ……ルアン」

歩きながら清貴は尋ねた。

「あの人……ハヤットって人、何者？」

そう問うと、ルアンはちらりと横目だけで清貴を見た。

「俺のことも知ってたし、なんか情報通っぽそう……」

「ハヤットさまは、王子のひとりであらせられます」

ルアンの言葉に清貴は驚いた。ルアンは微かに笑う。

「今年で、二十三歳になられます。ただ、お母上の身分が低いので、王位継承権はおありになりません」

「そうなんですか……」

どういう感想を持てばいいのか悩みながら、清貴は相槌《あいづち》を打った。

「それでも、王子であられることには変わりありません。ですからああやって、自由に王宮内を歩いておられるのですよ」

「畑の人たちとも、厩の人たちとも、仲がいいみたいだった」

「そうでしょうね。とても、愛想のいいかたでしょう？」

「そうだね」

ふたりは階段をあがって回廊に、そしてさらに奥に歩いていく。

「あのかたには、憧《あこが》れる者も多いのですよ。男も、女も、ね」

「男も……？」

清貴は少し首を傾げた。そんな清貴に、ルアンは笑う。

「そういうこともある国だということです。清貴さま、あなたはとてもかわいらしいから、気をつけなくてはいけませんよ」

「は……」

気をつけるとはどういう意味だろうか。清貴はますます首を傾げ、ルアンは低く笑った。

「さぁ、お部屋です」

部屋に入ると、ベッドはきちんと整えられ、部屋も掃除されていることがわかる。清貴はルアンを振り返った。

「誰がきれいにしてくれたんですか？」

「下女ですよ。彼女たちは、それが仕事です」

「そうですか……」

なんとはなしに申し訳ない気分になりながら、清貴は窓際に立った。ガラスもきれいに磨かれていて、それも下女と呼ばれる人たちのしてくれたことなのだろうか。

「それでは、私は」

ルアンがそう言って頭を下げたので、清貴はにわかに心細くなった。その心が顔に出たのか、ルアンは優しい微笑みを浮かべた。

「おひとりでは退屈でいらっしゃいますか？」

「まぁ……うん。そうですね」

いい年をして、心細いもなにもない。清貴は「退屈です」と頷いた。

「では、うさぎを呼びにやりますか？　それとも、勉強でもなさいますか？」

「勉強？」

清貴が顔を引きつらせると、ルアンは笑った。そして部屋の奥に歩いていく。

「清貴さまは、我が国の言葉は解されるようですが、読み書きのほうはいかがでいらっしゃいますか？」

そう言ってルアンは、奥の棚から一冊の本を取り出した。彼は清貴の前にそれを広げて見せる。そこにあった理解不能な文字に清貴はくらくらとした。

「読めません……」

「そうでしょうね。今までの青い星からの客人も、話はできても読み書きはできないかたばかりだと、記録にあります」

ルアンは本を棚に片づけた。そしてほかの一冊を手に取る。それを渡されて、清貴は恐る恐るページをめくった。

「よろしければ、教官をつけましょう。なに、文字も文法も、そう難しい言語ではありません。その程度の本なら、ひと月もあれば読めるようになりましょう」

新たに渡された本は、字が大きくて挿絵もたくさんある本だった。子供用の本なのかもしれない。ざっと目を通し清貴が顔をあげると、ルアンは首を傾げて清貴を見ていた。折り目正しいルアンがそのような仕草を見せるとは思わず、清貴は少し笑ってしまった。

「では……先生を、お願いします」

清貴が言うと、ルアンは嬉しそうな顔をした。

「それでは、さっそく手配いたしましょう」

そう言ってルアンは部屋を辞した。清貴は渡された絵本を手に、窓際のクッションに背を預けた。

3

その朝、食事を終えた清貴のもとに使者が現れた。今日の食事もアザミが一緒で、ふたりで賑やかな時間を終わらせたばかりだった。

「清貴さま、アスランさまからの使者です」

そう言ったのはルアンだった。アスランと聞いて、清貴は少し背筋が伸びるのを感じた。

「執務の間まで、おいでくださるようにと」

「わかりました」

清貴が立ちあがると、アザミもぴょんと姿勢を正す。清貴の前、ルアンがひざまずいた。

「ご案内いたしましょう。執務の間は、王宮の奥にあります」

「アザミ、連れていってもいいのかな？」

清貴が尋ねると、ルアンは迷うような表情をした。

「……アスランさまがお許しにならなければ、お部屋には入れませんが」

「アスランさまにだめって言われたら、出ていくから！」

アザミの好奇心は相当のものであるようだ。ふたりはルアンに従って、王宮の広い回廊を歩きはじめた。

「わぁ……本当に、すごく広いんだ」

「お城は、広いよ！　いっぱいいっぱい、お部屋があるよ！」

アザミがぴょんぴょんと跳ねながら、そう言った。彼が跳ねると、頭の上の耳がぴょこぴょこと動いた。

「アスランさまはね、国王代理だから。だからね、お部屋はお城の中心にあるんだ」

「国王代理？」

清貴は首を傾げ、ルアンを見る。彼はそっと視線を伏せた。

(言いにくいことでもあるのかな？)

三人は延々と回廊を歩き、王宮の奥まった部分、陽の射さないところにある見あげるようなドアの前に立った。

「うっわぁ……」

清貴は思わず声をあげた。まるで映画のセットのような豪華さに目をしばたたき、アザミも驚いたのか、言葉を失っている。ドアの前にはふたりの衛兵がいて、清貴たちをじろりと見た。

「失礼しつかまつります」

ルアンは穏やかな声でそう言った。

「アスランさまのお呼びです。こちら、清貴さまを」

衛兵たちは目を見合わせ、頷いた。

「清貴さまのご来訪は聞いております。お通りください」

衛兵がドアを開いた。中から眩しい光が洩《も》れ出して、清貴は思わず目の前に手をかざした。

「ご苦労だった、ルアン」

重々しい声でそう言うのは、アスランだ。眩しくて彼の姿をすぐに認識できなかったけれど、清貴の目も徐々に光に慣れてきた。

「来たか、清貴」

「はい……」

アスランは執務机に向かって座っていた。背後には大きな窓があり、そこから差し込む陽が眩しかったのだ。

部屋には執務机のほかにも机がいくつか置かれ、たくさんの人がいる。びっしりと並んだ本棚に向かってなにかを探している者、机に座って書きものをしている者。部屋は広く、清貴に与えられた部屋の三倍はあろうという面積だった。

「どうだ、ここでの生活は？」

「は、ぁ……」

アスランは、眼鏡越しの水色の瞳でじっと清貴を見つめてくる。清貴は居心地悪く、腰をもぞつかせた。

「よく眠れるか？　食べものは、口に合うか？」

「あ、はい……おかげさまで」

気後れした清貴がそう呟くと、アスランは清貴の胸中を覗き込むような目をした。

「なにも問題はないです。快適に過ごさせてもらっています」

そうか、とアスランは満足そうに頷いた。彼は清貴の背後に立っているアザミを見やったが、特に出ていけとは言わなかった。

「今日、おまえを呼んだのはほかでもない」

アスランは重々しい口調でそう言った。にわかに清貴は緊張した。

「おまえがこの王宮で過ごす以上、なんらかの身分が必要だ」

「身分……」

今まで考えたこともなかったことを言われ、清貴は目を見開いた。アスランは顎に指を絡めて、そんな清貴を見つめている。

「おまえには、太子傅《たいしふ》の役目を与えようと思う」

「太子傅？」

聞き慣れない言葉に、清貴は首を傾げた。

「なんですか、それ」

「王太子の傅育《ふいく》係だ。要するに、カヤの身を守る者だ」

「カヤ？」

そうだ、あの金髪の青年だ。アスランと睨み合っていたのが印象的だが、そのカヤを守る仕事とは、いったいどういうことなのだろうか。

「あの、太子って……カヤは、どういう人なんですか？」

清貴が問うと、アスランは目を細めてこちらを見てくる。なにかまずいことを言っただろうか？　清貴は焦燥した。

「カヤは、王太子だ。現状では、次代の王なる者ということになっている」

「次代って？　ってことは、今の王がいらっしゃるわけですよね？」

清貴は、それがアスランだと思ったのだけれど。しかし彼の口調からして、アスランは王ではないらしい。

アスランは、ひとつ咳払《せきばら》いをした。

「先代の王は、後継を指名する前に亡くなってしまわれた。先王の胸には後継者の名があったらしいのだが、それが誰なのかはわからない。王の死に際しても現れないということは、すでに死んでいるという説もあるが、証明ができないので私たちは動けない」

強く眉根を寄せて、アスランはゆっくりとそう言った。

「だから暫定的に、先王の長子であるカヤが太子となっている。今のこの国の支配者は、太子であるカヤだ。おまえには、そのカヤを守る仕事をしてもらおう」

「はぁ……」

清貴には今ひとつ、どういうことなのか呑《の》み込めない。ただこの国の王制度は、単純に王の子供が新たな王になる、というわけではないらしい。先王は後継を指名しないまま亡くなった。その複雑な状況の中、清貴はカヤの傅育係――太子傅に指名されたというのだ。

「でも、俺は……刀とか使えないし、非力だし、馬にだって乗ったことないし……」

「なにもできないのだな」

アスランは本当に驚いたようだった。清貴はいささか傷ついた。

「俺の国では、昔はともかく、今はそういうのがあたりまえなんですっ」

そう声をあげると、アスランは「そうか」と、納得したのかしていないのかよくわからない返事をした。

「今は、平和なときだ。太子傅に腕力を求めているわけではない。カヤの望むままに、あれの慰めになればいい」

「そういうことですか……」

安堵《あんど》していいものかどうか。しかしとりあえず、清貴には居場所ができたようだ。太子傅としてなにをすればいいのかはわからなかったけれど、精いっぱい努めようと、清貴は考えた。

「では、今日はもう下がるといい」

口早にアスランは言って、清貴たちを下がらせた。清貴がアスランに頭を下げて振り返ると、アザミも会釈していて、少し笑ってしまった。

部屋を出て息をついた。ルアンが少し笑ったのが聞こえて、清貴は頭をあげた。

「ねぇ、ルアン。なんか俺、いきなり王宮の心臓部に踏み込んじゃった気分なんだけど」

清貴が言うと、ルアンは彼を見た。

「今は……王がいないってことなんだよね」

「そうですね」

また長い回廊を歩きながらの清貴の言葉に、ルアンは首肯した。

「新しい王が誰かわからないって、それって……国的にまずくない？」

「あまり、感心できることではありませんね」

ルアンもそうだろうし、おそらく国中の者がそう思っているのであろうと、清貴は考えた。

「だから、カヤが臨時で太子なのはわかる……けど、だったらアスランは何者？」

回廊の曲がり角で、ルアンは清貴を振り向いた。緑色の瞳に見つめられて、その印象深い色にどきりとする。

「アスランさまは、カヤさまの兄上でいらっしゃいます」

「兄弟!?」

清貴は驚いて、思わず足を止めてしまった。アザミが清貴の背中にぶつかって「痛い!」と叫んだ。「ごめん」と清貴は応じる。

「あれ、そしたらどうしてカヤが太子なの?」

ルアンは少し迷うような素振りを見せた。

「アスランのほうが兄なんでしょう? なんで、弟のほうが身分高いの?」

「清貴さまのおられた世界では、どうなのかは存じませんが」

慎重な口調で、ルアンは言った。

「ここでは、母の身分が子の身分に影響します。カヤさまの母ぎみは貴族の姫であられたので、庶出のアスランさまよりも、カヤさまの身分が上になります」

「ふぅん……」

清貴は頷いた。母の身分で兄弟の順番が決まるというのは日本史にもあったような気がする。ルアンについて歩きながら、清貴はハヤットのことを思い出した。

「ハヤットも、王子のひとりだって言ってた」

「そうですね」

ルアンは頷いて、清貴を見る。

「ハヤットさまも、王子であられます。母ぎみが奴婢《ぬひ》だったので、兄弟の中では一番下の身分になりますが」

「カヤに、アスランに、ハヤット……」

それぞれの顔を思い浮かべながら、清貴は呟いた。

「なんだかみんな、全然似てない」

「そうですね」

清貴の言葉に、ルアンはくすくすと笑った。

「皆さま、母ぎみに似ておられるようですね」

「ルアンは、前の王に会ったこと、あるの？」

そう言うと、ルアンは少し口を噤んだ。そして笑顔で頷く。

「そうですね、会ったこと、というか……お顔を拝見したことなら」

「僕も見たことあるよ！　お祭りのとき。お城のバルコニーに出てらっしゃるの見た！」

アザミが大きくそう言い、清貴の目を覗き込んでくる。清貴は彼に問うた。

「どんな人だった？」

「お髭《ひげ》が白かった！　黄色い服を着ててね、僕に手を振ってくれたよ！」

興奮気味にそう言うアザミに、手を振ってくれたというのはアザミの気のせいだろう、と思いながら、清貴は頷いた。

「髭が白いって、じゃあお年だったんだな」

「そうですね、享年は五十二歳であられました」

「五十二歳？」

清貴は驚いてルアンを見た。ルアンは、清貴がなぜ驚いているのかわからないようだ。

「平均寿命って、どのくらいなの……ここ？」

「そうですね」

ルアンは首を傾げた。

「四十歳を過ぎたくらいで亡くなられるかたが多いですね。王は長寿であられました」

「そうなんだ……」

この国では平均寿命が短いのだ。そのことを知って清貴はぞくりとした。なんらかの理由でここに飛ばされた清貴は、どうなるのだろう。皆よりも長生きをしてしまうのだろうか。それとも、体もこの世界に馴染むのだろうか。

「清貴さま？」

「いや……なんでも」

不思議そうな顔をしたルアンに微笑みかけながら、清貴はここが『異世界』であることをしみじみと実感した。

◆

カヤからの使いだという男が来て、清貴がついていくと王宮のある一室に招かれた。

「中で、カヤさまがお待ちでございます」

清貴は頷いて、扉を開ける。そこは広い部屋で、一見すると鮮やかな模様の絨毯が目に入って、清貴は目がちかちかした。

「ああ、清貴」

絨毯に気を取られていると声がかかった。声は大きな窓のほうから聞こえてきて、そちらに視線をやると、窓際の大きなクッションにもたれかかっているカヤの姿が目に入った。

「こんにちは……」

少々気後れして、清貴は小さな声でそう言った。カヤは起きあがって清貴を手招きし、近くに寄ると手を摑んでぐいと引き寄せた。

「わ、っ」

「僕のお守《も》りは、きみに決まったんだって？」

「なんだか……そういうことらしいです」

戸惑いながらそう言うと、カヤはにこりと笑った。その笑みには奇妙なくらいに惹かれるものがあって、清貴はどぎまぎしてしまう。

「お守りっていうか……太子傅っていうらしいです」

「一緒じゃない」

カヤはあっさりとそう言って、なおも清貴の手を引っ張る。清貴はバランスを崩してクッションの上に倒れてしまった。するとカヤが楽しそうに笑う。

「清貴が僕のこと、守ってくれるってことでしょう？」

「守るったって……俺は、刀も使えないし腕力にも自信ないし」

クッションの海からもぞもぞと起きあがりながら、清貴は歯切れ悪く言った。

「カヤが襲われても、守るとかできないんですけど」

「そのためには、ほら。衛兵がいる」

カヤは笑いながら清貴を引き起こし、隣に座らせた。清貴が見まわすと、革鎧《かわよろい》をまとい腰に剣を吊るした屈強な男たちが、部屋の端に立っている。

「……あんな強そうな人たちがいるんだったら、俺なんか必要ないじゃないですか」

「あれらは、僕の身を守ってくれる」

そう言ってカヤは、清貴を見てにっこりと笑う。

「清貴は、僕の話し相手になるんだ」

「話し相手……」

清貴は何度もまばたきをして、そんな彼をカヤはにこにこしながら見つめている。

「いったい、なにを話したらいいのかな？」

「僕が聞きたいこと。清貴のこと」

カヤは、その紫の瞳にいたずらっぽい色を浮かべた。果たしてなにを聞き出されるのか、清貴はどきどきしてしまう。

「清貴は、何歳？」

「ああ……二十歳だよ」

「そう。僕は十八歳。清貴が、二歳お兄さんだね」

「お兄さん……」

そのような言いかたをされたことはなかったので、清貴は戸惑いながら頷いた。カヤは、そんな清貴をなおも笑みとともに見つめている。

「青の星では、どんな毎日を過ごしてたの？」

「朝起きて、ごはん食べて、大学に行ってた」

「大学？」

カヤが首を傾げる。ああ、と清貴は頷いた。

「俺くらいの年の人が集まって、勉強するところだよ」

「勉強するところ……？」

カヤはますます首をひねった。ああ、と清貴は頷く。

「カヤは、たぶん家庭教師とかから学ぶんだね。俺の国では、年齢に応じて行く学校っていうのがあって、そこで集団で学ぶんだ」

ふぅん、と相槌を打ったが、カヤが清貴の説明を呑み込んだのか少し自信がなかった。

「そこで、なんの勉強してたの？」

「俺は……天文学を」

そう言うと、少しこそばゆいような気がした。カヤは「ふぅん」と、やはりわかったようなわからないような、不思議がるような顔をした。

「それって、どういう勉強？」

カヤの質問に、清貴は首をひねった。

「ええと……星の進化、とか……ここに来るまでは、そういうことやってた」

「へぇ？」

ますますカヤは興味深げな表情を見せる。清貴は必死に授業の内容を思い出そうとした。

「星の進化ってのは……宇宙のガスが重力によって引き合って集まって、ひとつのガス球、それがつまり、星になるわけなんだけど」

カヤは、真面目な顔をして清貴の話に聞き入っている。その表情に、いささか緊張した。

「集まった段階で、星の質量が決まる。そのあとは、原始星、Tタウリ型星、主系列星、赤色巨星、そして星の消滅に至る……星っていうひとつの天体の長い長い変化の、道筋のことを勉強してるんだ」

目をぱちくりさせて、カヤは頷いた。

「この場合の進化って……普通は進化っていい方向に行くことをいうんだけど、あくまでも時間的な変化であって、それは星にとっていいことなのか悪いことなのかは、最終的な段階にならないと、わからないんだ」

「僕たちの、この……金の星も？」

頷いてばかりいたカヤがそう言ったので、清貴は少し驚いた。

「そうだよ。金の星も青の星も、星には違いない。その質量によって、寿命が決まっているわけなんだけど……星が発生したときの質量が太陽くらいあると、進化の過程である赤色巨星の段階でヘリウム中心核が収縮したときに、中心の温度が一億度くらいにまであがって、ヘリウムの灰に火がつく。そうしたら今度はヘリウムが新たな燃料となって炭素や酸素の灰を作るっていう、次の段階の核融合反応がはじまるんだ」

（こんな話、面白いのかな？）

清貴は内心首をひねりつつ、カヤに向かって話し続ける。カヤはわかっているのかいないのか、熱心な表情で清貴の話を聞いている。

「中心部のヘリウムが燃えている間は、ヘリウム核融合が熱源になって中心核が支えられるから、広がっていた外層部は収縮して、普通の星みたいに見えるんだ」

「うん」

どこがカヤの気に入ったのか、彼は大きく頷いた。カヤが反応してくれるのが嬉しくて、清貴は話を続ける。

「水素が燃焼している主系列星に対して、そんな中心部でヘリウムが燃焼している星を、ヘリウム主系列星と呼ぶこともある」

「太陽は、ヘリウム主系列星ってこと？」

清貴は頷いた。クッションの上で体勢を変え、清貴は話を続けた。

「ヘリウム核融合によって生成された炭素や酸素が中心部に溜《た》まると、炭素や酸素の中心核は収縮し、一方外層は再び膨らんで、再度赤色巨星となる。そして外層大気をゆっくりと放出して、惑星状星雲になるんだ。炭素と酸素のコアは重力収縮するけれど、この質量範囲では炭素や酸素には火がつかないで、そのまま炭素と酸素でできたCO白色矮星《わいせい》になる……これは、あの太陽の運命なんだ」

「太陽の？」

そう言ってカヤは、窓の外を見た。今日は天気がよくて、空気がきらきらと光っている。天に昇ってきらめく太陽に、カヤは目をすがめた。

「そうか、太陽の……」

清貴のいた青の星でも、この金の星でも、太陽は均一に見える。ここからでも見える同じ太陽が、清貴の寂寥《せきりょう》を慰めてくれているようにも思えた。

「そういう話、面白い」

クッションに体を埋めたまま、カヤは楽しそうにそう言った。

「もっと、して？　もっとそういう話、聞きたいな」

「そう？　じゃあ……」

清貴は思い出せる限り、大学の講義で学んださまざまなことを話した。専門用語をどう噛み砕けばいいのかわからずにそのまま口にしても、カヤはいやな顔はしなかった。ときには、わけのわからないこともあっただろうに、カヤはいい聞き手だった。

太陽は少しずつ沈んでいって、そろそろ部屋に灯《あか》りが必要な時間になったころ、ふたりは声をかけられた。

「カヤさま、夕餉《ゆうげ》の時間でございます」

「ああ、もうそんな時間？」

カヤは、いささか不機嫌そうにそう言った。そして清貴をちらりと見る。清貴は居心地のいいクッションから腰をあげた。

「じゃあ、俺はこれで」

「うん、また明日来てね」

カヤは、ぱたぱたと手を振った。頭を下げて部屋を出るとルアンがいて、清貴は驚いた。思わず一歩、後ずさりをする。

「ル、ルアン！　いつの間に、そこに！」

「そろそろ時間だと思いましたので、お迎えに」

「そう、ありがとう……」

戸惑いながら、清貴は頭を下げる。ルアンは少し笑った。

「カヤさまのお相手は、いかがでしたか？」

「相手というか……俺が勝手にしゃべってただけ」

指先で頬を掻《か》きながら、清貴は言った。

「俺の勉強してること、話しただけだけど……あんなんでよかったのかな」

「カヤさまは、喜ばれていらっしゃいましたか？」

「ああ……それは、そうかも。少なくとも、退屈そうじゃなかった」

「なら、よかったではありませんか」

ルアンは笑顔とともにそう言い、彼の言葉に清貴は少し安堵した。

「よかった……のかな？　俺、あんな話しかできないけど」

「それでいいんですよ。きっと清貴さまのお話は、カヤさまにとって珍しいものであったはず。アスランさまが清貴さまをカヤさまの傅育係になさったのも、そういう点だったと思われます」

「そうなのかなぁ……？」

ルアンに案内されるまま、気づけば見慣れた回廊を歩いていた。ここまで来れば、清貴ひとりでも歩ける。すると奥のドアがばん、と開いて、アザミが飛び出してきた。

「清貴、おかえり！　お仕事ご苦労さま！」

アザミは走ってきて清貴に抱きつき、その拍子に清貴は転びそうになった。

「お仕事ってほどのお仕事でもないけどな」

「でも、カヤさまのお話し相手って聞いたよ。それってすごくない？」

アザミにまとわりつかれながら、清貴は部屋に入った。するといい匂いがして、清貴はくん、と鼻を鳴らした。

「夕ごはんの時間だよぉ」

歓声をあげるアザミの背中を目で追いながら、清貴はルアンにそっと尋ねる。

「話は、俺が勝手にしてただけだし……これって、遊んでるだけみたい」

部屋の中では、下女や下男が立ち働いている。テーブルの上にはふたりぶんの食事が並んでいて、その匂いも見た目も、清貴の食欲をそそった。

「ルアンは、やっぱり一緒に食べないんだ」

「私は、あくまでも側人でございます」

そう言って彼は、丁寧に頭を下げた。そんな彼をちらりと見やって、清貴はため息をついた。

「話、したかったのに」

「お話なら、伺いますよ。失礼ながら、同席させていただきます」

「だったら、一緒に食べればいいのに……」

アザミに手を取られ、清貴は夕食の席についた。ルアンは傍らに座って、清貴のぶんのお茶を淹《い》れてくれた。

「ありがとう」

この国の茶器は、独特の形をしている。ガラスでできた小さな瓢簞《ひょうたん》のようだ。かわいらしいそれに、甘い茶が注がれる。清貴は、そこからあがる湯気をぼんやりと見ていた。

「なにか、お悩みなのですか？」

ルアンはそう尋ねてきて、本当に清貴のことを心配しているような口調に、清貴はぐっと胸を突かれた。

「……太子傅とかいうけどさぁ」

清貴が小さな声でそう言うと、ルアンは首を傾げて清貴を覗き込んでくる。

「なんの役に立つのかな。今日も、雑談しただけだった」

「どういうお話を？」

「青の星で、俺が勉強してること」

「それは、興味深いですね」

それって、なになに？　アザミが口を挟んでくる。清貴は「太陽とかの話」と彼をあしらう。するとルアンは面白そうな顔をした。

「そのお話、また私にもお聞かせください」

「興味あるの？」

「そうですね、そういうお話は聞いたことがありませんので」

清貴は茶を啜《すす》って、ため息をついた。ルアンは、微笑ましいというように清貴を見やっている。

「カヤさまも、楽しまれたことと思いますが……それが、ご不満なのですか？」

「まぁ、面白いって言ってくれたけど。でもそれって、太子傅の仕事かなぁ？」

唇を尖らせて清貴は言った。ルアンは微笑む。

「清貴さまには、ご一緒にいるだけで人を穏やかにするお力があります」

「……え？」

意外なことを言われて、清貴はきょとんとした。ひとり頷きながら、ルアンは言う。

「カヤさまも、それに気づかれて……珍重していらっしゃるのでしょう。清貴さまがいらっしゃるだけで、心落ち着かれることを」

「そんなものなの？」

首を傾げての清貴の言葉に、ルアンはまた微笑んだ。

「あなたはお気づきではないかもしれませんが……あなたの癒しの力は怪我だけではなく、人の心にも影響するのかもしれませんね」

「ふぅん……」

今まで生きてきて、そのようなことを言われたことは一回もなかった。そもそもこの金の星に来て、森の中でアザミの怪我を治したこと——あれさえも、いったいなんだったのかいまだにわからずにいるのだ。

「そんなものなのかな」

「天が、清貴さまに与えた才、ということでしょう」

ルアンはにこにこ微笑みながら、清貴を見ている。なんとなく落ち着かない心持ちとともに、清貴はスプーンを手に取った。

「ねぇ、ルアン。本当にここでは食べないの？」

「私には、与えられた場所がありますから。お相伴させていただくには、許可が必要です」

やはり人好きのする笑みでルアンは言って、新しく茶を注《つ》いでくれる。それを啜りながら、清貴はルアンを上目遣いに見た。

「そんなもんなの？　許可って……」

「お食事の調理から、こうやってお仕えするまで。すべて役割が決まっております。許された以上のことをするのは、僭越でございます」

「ふぅん……厳しいんだね」

アザミの自由を許したり、青の星からやってきた清貴を受け入れたり。そんなこの国が、それほどに厳格だとは思わなかった。少しばかり驚いた清貴は、何度もまばたきをしながらルアンを見やった。

「カヤさまのお立場にも、さまざまな決まりごとがございます。清貴さまの存在は、そんなカヤさまのお慰めになっているのでしょう」

「そんなもんなのかな……？」

清貴は首を傾げた。そんな彼に、ルアンは微笑みかける。

「この国には、この国の秩序がございます。清貴さまも、徐々にそれにお慣れになることと存じます」

そう言って彼は、頭を下げた。

「そして清貴さまは、皆さまを照らす光になる」

「え……？」

ルアンの言葉の意味がわからず、清貴は首をひねった。ルアンはなにもかもを見通しているかのような、しかしおそらく清貴にはその意味を理解できないのであろう笑みを浮かべている。

「それが、あなたがここにいらした意味でしょう」

「ルアン……？」

彼は穏やかに清貴を見つめている。その視線にどこかくすぐったいものを感じて、清貴はまなざしを逸らしてしまった。

◆

その日、清貴がカヤの部屋を訪れると、彼は不在だった。

「あれ？　カヤさまは？」

部屋にいる侍女に彼の行方を尋ねると、彼女は首をひねった。朝餉が終わったのち、どこかへ出ていったというのだ。

「どこかに、ねぇ……」

カヤがひとところに落ち着いていないのはいつものことなので、清貴は特に気にしなかった。しかしカヤが見当たらないからといって遊んでいるわけにもいかない。清貴はカヤを捜そうと彼の部屋を出た。

「カヤさまを見ませんでしたか？」

すれ違う者たちに尋ねても、見たと言う者はない。清貴はいつの間にか、庭園を臨む回廊の端に出ていた。

「あ……」

そこからの景色は、たくさんの緑に溢《あふ》れている。その間を彩る花々の色はさまざまで、どこの風景を切り取っても同じものはない。その色彩の鮮やかさに見とれていると、ふわりとなびく水色が視界に入った。

「あれ……ハヤット」

「奇遇だねぇ」

彼は長い髪をかきあげながら、清貴の前に姿を現した。今日の衣装は黒地に赤で、その印象深い色が奇妙に彼の髪に似合った。

「どうしたの、こんなところで」

「カヤを捜してるんです」

「ふぅん……カヤを、ねぇ」

どこか意味ありげにそう言って、ハヤットは清貴の目を見つめる。その青い視線の前に晒《さら》されると居心地が悪くて、清貴は彼の前を去ろうとした。

「ねぇ、太子傅さま」

「やめてください、その言いかたは……」

清貴は肩をすくめた。するとハヤットは、楽しそうに声をあげる。

「だって、きみは太子傅に指名されたんだろう？　アスランから直々に」

「まぁ、そうですけど……大した働きはしていないですから」

謙遜《けんそん》、謙遜、とハヤットは笑う。彼の笑い声は聞いていていて心地いいけれど、どこかからかわれている感覚が拭《ぬぐ》えない。清貴は彼に背を向ける。

「一緒に捜してあげるよ」

そんな清貴を追いかけるように、ハヤットは言った。

「カヤだろう？　あいつの行きそうなところには、心当たりがある」

「本当ですか？」

清貴はハヤットを振り返った。彼はどこか心に引っかかる表情で、清貴を見ている。

「どこですか、それって」

「まぁまぁ」

ハヤットは呑気《のんき》な声でそう言って、回廊からひらりと庭園に下りた。彼の衣装がひらめいて、その陰影の美しさに清貴は見とれた。

「ほら、清貴も」

彼が手を差し出してくる。手を取られるなんて女性みたいだ、と思いながらも清貴も庭園に下りた。

「今の季節は、本当にいいねぇ」

大きく息を吐きながら、ハヤットは言った。

「暑くもなく寒くもない。こういう気候の中、散歩もいい」

「俺、散歩してるわけじゃないんですけど」

ハヤットは、はははと笑う。そんな彼を見ていると清貴は気力が萎《な》えるのを感じて、肩を落とした。

「ここは……この星は、この国は。居心地いい？」

「あ、はぁ、まぁ」

突然そう問われて、清貴は首を傾げた。

「ご飯は美味しい？　よく眠れてる？」

「そうですね。おかげさまで」

ハヤットは面白いものを見るように清貴を見る。

「そうだったら、いいんだけど」

そう言って、ハヤットは清貴に一歩近づいた。顎に指を添わされ、気がつくと清貴はくちづけられていた。

「ん、ん、んっ！」

一瞬、なにが起こったのかわからなかった。呼気を塞がれた清貴はまわってきたハヤットの腕に抱きしめられ、その中でじたばたとあがいた。

「な、な、なに。なにするんですか！」

「いや、かわいいと思ってね」

「かわいいとか……やめてください！」

清貴はハヤットのもとから逃げる。ぐいと唇を拭《ふ》くと、ハヤットは声をあげて笑った。

「その反応が、またかわいい」

「だから、そういうことを！」

笑いながら、ハヤットは言った。

「きみはどうも、俺の興味をそそるんだ」

「人を、珍獣みたいに言わないでください！」

清貴がハヤットに背を向けると、回廊に立っているカヤが見えた。清貴は大きく目を見開く。

「カヤ！　どこにいたんだよ！」

清貴の問いには答えず、カヤはずかずかと庭園を歩いてくる。驚いている清貴の前に立って、腕を伸ばすと清貴を抱きしめた。

「わ、わわっ！」

「こんなやつに関《かか》わるな」

清貴を抱きしめたまま、カヤは大きな声で言った。

「こいつはな、恋人が三十人いるんだぞ！」

「え」

清貴はハヤットを振り返った。ハヤットは肩をすくめて笑っている。

「またそんな、根も葉もないことを」

ハヤットは笑っているが、そう言われてみると、恋人三十人というのもあながち冗談ではないという感じがする。

「おまえは清貴に近づくな。清貴は、僕の太子傅だ」

「太子傅を口説いてはいけないということは、ないと思うけれどねぇ？」

「なにおぅ！」

カヤが大声をあげる。清貴は彼から離れたいのだけれど、抱擁の腕はしっかりと強く、清貴は逃げられない。

「えっと……あの」

ハヤットとカヤは睨み合っていて、彼らの無言の争いに挟まれる格好になった清貴はおろおろする。

「清貴さま！」

そこに声がかかった。はっと振り返ると、回廊の奥からやってくるのはルアンだ。彼の姿に、清貴はほっとした。

「カヤさまのお部屋におられないから、どこにいらしたのかと思いました」

「ルアン……」

彼も回廊から庭園に下りてきて、三人の前に立った。清貴はカヤの隙《すき》を狙《ねら》って腕から逃げ、ルアンの後ろに駆け込んだ。目が合ったルアンは「ご心配なさらぬように」とでも言っているようで、少し安堵した。

「ハヤットさまもカヤさまも。ご無体はおやめください」

「無体なんて、してないよ」

飄々《ひょうひょう》とハヤットが言った。その口調もどこか人をからかうようで、油断のならない雰囲気を醸し出している。

「いやがっている者に、無理やりあれこれするのを無体というのです」

「俺は、清貴しか構ってないけど？　清貴、いやがってるの？」

青の瞳での流し目で、ハヤットは清貴を見た。そのあまりにも艶《なま》めかしい表情に、清貴はどきりとしてしまう。

「ねぇ、清貴。俺にくちづけられるのは、いや？」

「……嬉しいはずがないでしょう」

低い声で清貴は応じた。彼を恨みがましく睨みつける。

「男とキスする趣味とか、ないから」

「では、これからの趣味にすればいい」

そう言ってハヤットは笑う。カヤもハヤットをじっと睨んでいる。

「俺を相手にするのなら、いつでも付き合うぞ」

「わけわかんない……」

戸惑いながら、清貴は唸《うな》る。ハヤットもカヤも、そしてルアンもそんな清貴を見やってきていて、清貴は一歩退いた。

（男にモテても、別に嬉しくない！）

心の中で叫びながら、清貴はふっとなにかを感じ取って振り返った。

（……アスラン？）

回廊の向こうに、見たことのある姿がある。薄赤い髪をなびかせながらこちらを見ている。眼鏡越しの彼の鋭い視線に、清貴はどきりとして目を逸らしてしまった。

（なんなんだ、みんなして！）

清貴は、地団駄を踏みたい気分になった。

（青い星から来た人間は、そんな珍しいものじゃないって、言ってたくせに！）

ハヤットは目が合うと、目配せをしてきた。カヤは隙あれば清貴に抱きつこうとしているし、そんなふたりをルアンが呆れたように見ていて、その光景を遠くから見やっているのはアスランで。

(なんなんだよ、このシチュエーション!)

清貴は叫び出したくなる衝動をぐっとこらえながら、握り拳《こぶし》を作った。

4

　この過ごしやすい季節は間もなく終わり、雨の多い季節になるのだという。その前の宮廷行事に、野狩りがあると清貴は聞いた。

「どんな獲物が獲れるのかな？」

　その日、部屋でルアンに手伝われながら着替えをしていると、早々にやってきたアザミが声をあげている。

「ヒヨドリにキツネ……うさぎも獲れますよ」

「うさぎ！」

　アザミが叫んだ。その耳を見るまでもなく、彼はうさぎの精霊なのだ。その反応に笑いながら、清貴はルアンに帯を締めてもらっていた。

「今日は、私も同行させていただきます」

「あれ、ルアンも来るの？」

　清貴の言葉に、ルアンは首を傾げた。

「お邪魔ですか？」

「そ、そういう意味じゃない」

慌てる清貴に、ルアンはくすくすと笑っている。彼の笑顔に、清貴は見とれた。

「このたびの野狩りは、身分を問わず誰でも参加できるものとの達しが。私も皆さまとご一緒したいのです」

「そりゃ、大歓迎だよ。ルアンが来てくれるのは、嬉しいな」

「そう言っていただけると、私も嬉しいです」

アザミが部屋を走りまわっている。それを見ながら、清貴は鏡を見た。この国の、狩り装束だ。濃淡に染められた紫色の衣装は意外と自分に似合っていて、清貴は心中で自分を褒めた。

「お似合いです」

そんな清貴の心を読んだように、ルアンは言った。清貴はにわかに恥ずかしくなる。思わずルアンから視線を遠のけてしまった。

「あ……」

急に部屋の外が賑やかになった。侍女がドアを開け、現れたのはカヤだった。彼も赤地に黄色の狩りの装束を身につけている。

「ああ、清貴も用意、できてる？」

「はい、さっきできました」

清貴は胸に手を置いた。そんな彼の装いをじっと見つめながら、カヤは清貴のまわりをぐるりとまわる。

「今日の見立ては、誰が？」

「僭越ながら、私でございます」

ルアンは頭を下げた。ふん、とカヤは鼻を鳴らす。

「馬の準備も整ったみたい。清貴、一緒に行くよ」

「あ、はい」

カヤは手を伸ばしてきて、清貴のそれを取った。ぐいぐい引っ張られて、清貴は思わずつまずきそうになる。

カヤに連れられて厩に向かうと、そこは人でごった返していた。馬に乗る者、その従者たちと、厩の者たち。清貴が目をしばたたかせていると、ルアンが一頭の馬を引いて厩から出てきた。

「わっ、きれいな馬……」

真っ黒な毛並みの馬である。脚には白い毛が生えていて、まるで靴下を履いたようだと、清貴は思った。

「本当、きれいな馬だね！」

「脚も太くてしっかりしてる。走るの、すごく速いよ！」

アザミの言うことに、清貴は少し恐れをなした。そんなに速く走る馬の背に乗るなんて、恐ろしいと思ったのだ。そんな清貴に、ルアンは小さく笑った。

「いつも厩の者たちが丹精してくれていますからね。人によく慣れて、賢い馬です」

しかし、清貴は馬に触ったことなどない。恐る恐るその広い背に触れると、馬は低く嘶いた。清貴は驚いてのけぞってしまう。

「この程度で驚いてちゃ、乗りこなすことなんかできないよ」

それを見ていたカヤに笑われて、清貴はむっとした。慣れないながらも彼に引けはとるまいと、厩番に鞍《くら》をつけてもらって、手伝われて乗り込んだ。

「僕も乗る!」

そう言って乗ってきたのは、アザミだ。彼は身軽に清貴の後ろに乗ると、腰に手をまわしてきた。

「僕のこと、落とさないでね」

「ええ、そんな……自信ないよ」

情けない声をあげる清貴に、アザミが大きな声で笑った。

「手綱は、むやみに引っ張ってはいけませんよ」

栗色の毛並みの馬に乗ったルアンが、そう言った。

「馬の動きに、ご自分の動きを合わせてください。大丈夫、いきなり駆け出したりはしませんから」

「う、ん……」

張り切って乗ったはいいが、鞍の上は不安定だ。どういうふうに体重を預ければいいのか迷いながら、清貴はそっと馬の顔を覗き込んだ。

（きれいな目）

馬の目は真っ黒で、艶々と光っている。まるで清貴を励ますように馬がじっと見つめてきて、清貴は頷いた。

「清貴さま、参りますよ」

ルアンが先導してくれて、馬はゆっくりと動き出す。馬に乗った者たちの行列はすでに厩を離れていて、狩り場に向かっているようだ。

「狩り場は、遠いの？」

「そうですね、半刻ほど走ったところですね」

アザミと出会った森の、さらに奥に入ったところらしい。半刻も馬に乗っていられるだろうか。不安になった清貴が顔をあげると、厩の扉にもたれかかっているハヤットが目に入った。

「ハヤット」

清貴は思わず声をあげた。彼は清貴に気がついたようで、こちらにまで歩いてきてくれる。

「ハヤットは、狩り……行かないんですか？」

そう尋ねると、彼はにやりと笑った。

「こういうのは、趣味じゃないんだ」

「でも、王宮の行事だって聞いてるのに？」

首を傾げた清貴に笑ってみせながら、ハヤットは馬の尻をぽんと叩いた。

「わ、わわっ！」

馬は驚いたらしく、いきなり駆け出した。清貴は慌てて手綱を握る。アザミも強く清貴に抱きついてくる。それでも馬の速度は緩やかで、落馬するようなことはないと思われた。

「清貴さま、あまり緊張してはなりませんよ」

並走するルアンが、そう声をかけてきた。

「清貴さまが緊張すると、馬にもそれが伝わりますから。どうぞ心穏やかにと、心得て」

「リラックスしてろってこと？」

そんなこと無理だ、と清貴は思ったけれど、しかし馬はどんどん走っていく。上下に揺れる振動に舌を嚙まないようにと口もとを引き締め、清貴は必死に手綱を握っていた。

初めての乗馬ではあったが、それでもしばらくすると慣れてきた。まわりを見まわす余裕もできてきたくらいだ。

「どのくらい走ったのかな？」

「もう、いっぱい走ったよ！」

アザミの声に振り返ると、王宮はもう遠い。清貴たちが走っているのはひらけた草原で、向かっているのは遠くに見える森林だと思われた。

（ルアンは……）

栗色の馬を探すと、清貴の後ろを走っていた。目が合ったルアンはにっこりと微笑んできて、それに安堵を誘われてなおも清貴は走った。

狩りの一団は、森の中に入っていく。馬の速度が落ちた。さっそく弓を構えている者もいる。

「ここらへんはね、小さい動物が出るよ！」

アザミがそう叫んだ。

「僕が清貴と会ったのは、あっち！　もっとお城に近いところ」

「あ、そうだったっけ？」

清貴は森を見まわした。自分が落ちてきたのは確かに森の中だったが、風景を記憶できるほど心に余裕がなかった。アザミが指差した先だったような気もするし、そうではなかったような気もする。

「ここは、神より授けられた狩りの森です」

声が聞こえて、振り向いた。ルアンが手綱を引きながら、清貴の馬に近づいてくる。

「ここで獲物を狩ることができれば、吉兆……どんな動物が得られたかによって、神託を伺うこともできます」

「へぇ……」

単なる狩りだと思っていた清貴は、いささか驚いてまわりを見まわした。そう言われてみると、森の中はどこか神秘的な雰囲気が漂っているようだ。

「僕、降りようっと！」

アザミが馬からぴょんと降りた。こんな高さから飛び降りるなんて、怪我をしないのかと心配したが、アザミはうさぎの精霊なのだ。飛んだり跳ねたりはお手のものなのだろう。彼はすぐに、森の中を駆けまわりはじめる。

清貴が顔をあげると、馬の集団の先頭にはカヤが、そしてアスランがいた。従者に囲まれた彼らは、腰の剣に手を置きながらなにかを話している。清貴の馬がぶるると鼻を鳴らして、そちらに歩み寄っていった。

「清貴」

それに気がついたのは、カヤだ。彼が清貴を手招きすると、それが理解できたとでもいうように馬はカヤのほうに歩いていく。

「ここは、聖なる森なんだよ」

カヤが言う。

「ここでの狩りの成果が、国の吉凶を示す……きみも、ここに現れた」

「よく覚えてないけど……そう、みたい」

「覚えていないのか？」

驚いたように言ったのは、アスランだった。思わず肩をすくめた清貴に、アスランは小さく笑った。

「まぁ、確かに……それどころではなかっただろうしね」

カヤの傍らで弓を手にしている従者がいる。彼は森の深いところにじっと視線を注いでいる。

(なにか見つけたのかな)

彼の視線を追いかけた清貴だが、しかしただ緑が茂っているだけで、清貴の目に珍しいものは映らなかった。

「ん？」

従者は、背負っている矢筒から素早く一本、矢を引き抜いた。矢を仕掛けて弓を引き、きりきりという音とともに放つ。

あ、と清貴は声をあげた。ぎゃあああ、と悲鳴があがったのだ。まわりの者たちは、皆いっせいにざわついた。

馬に乗っていない従者が数人、悲鳴の聞こえたほうに駆けていく。しかし彼らはすぐに声をあげて飛び出してきて、なにごとかと清貴は身構えた。

「あ！」

従者たちを追ってきたのは、立ちあがったアザミくらいの大きさの白い、猿のような生きものだ。肩に矢を射られたそれは、まっすぐカヤに向かって走ってきている。

(危ない！)

とっさに清貴は馬から飛び降りた。馬に乗っているカヤの前に立ちはだかったのは、どういう衝動だったのか。自分でも理解できない心の弾みのままに、清貴はカヤを庇《かば》った。

「清貴……！」

白い猿は肩に矢を受けていて、そこから血を流していた。さぞ痛いだろう――清貴は猿に同情する。そんな清貴の心を読み取ったように、走り寄った猿は清貴の目の前に座ると、「きゅるる」と声をあげた。

「あれ？」

清貴は目を見開く。記憶が蘇る。この森に清貴が落ちてきたとき、顔を覗き込んでいたのは白い猿ではなかったか。目の前のこの猿かどうかはわからないけれど、確かに白い猿が記憶にある。

「きゅるるるる」

かわいらしい鳴き声の白い猿を、清貴は見つめた。背後から、皆の驚きの声が聞こえる。

「清貴、そいつを知っているのか」

「さ、ぁ……よく、わからない、けど」

白い猿はなおも「きゅる」と鳴いて、それは矢を受けたときの悲鳴とは比べものにならないほど弱々しい。

（とにかく、肩が痛そうだし）

清貴は恐る恐る手を出した。猿の肩に刺さった矢に触れ、力を込めて引っこ抜く。猿は痛そうに悲鳴をあげたけれど、清貴に逆らおうとはしなかった。

「わっ……」

引き抜いた矢の痕からは、ぽたぽたと血が滴った。清貴は矢を投げ捨て、猿の傷に手を当てる。すると猿は「きゅううううう……」と気持ちよさそうな声をあげた。

「傷が、塞がっている」

いきなり間近で声がしたので、驚いた。背後からカヤが覗き込んできている。

「清貴の力？　そういえば、あのうさぎの精霊の傷も治してやったって言っていたね」

「俺の……力なのかな？」

清貴は首をひねる。確かにこの世界に落ちてきたとき、罠で生じたアザミの傷口に手をやると治った記憶がある。アスランが、青い星からやってきた者には不思議な力があると言っていたことも思い出した。

「そうだろう？　それ以外に考えられないんだけど」

カヤは、清貴を見ながらそう言った。戸惑う清貴に、白い猿は体をすり寄せてくる。毛並みが心地いい。清貴がそっと腕に触れると、猿は頭を突き出してきた。

「頭？　撫でろって？」

清貴が頭を撫でてやると、猿はまた「きゅるる」と鳴いて、目を細めた。

「わぁ、お猿さんだ」

はしゃいだ声とともにやってきたのはアザミだ。

「すごいね。白いお猿さんなんて、初めて見た！」

驚き、騒いでいるのはアザミだけではなかった。カヤとアスラン、彼らの従者たちも、白い猿に驚きの表情を見せ、なにごとかを話し合っている。

「おまえ……何者だ？」

清貴が話しかけても、猿は「きゅるるる」と鳴くばかりで、言葉は通じないようだ。清貴の言葉は理解しているのかもしれないけれど、清貴は猿の言葉がわからない。

「それは、聖獣です」

そう声をかけてきたのは、ルアンだった。彼も馬から降り、興味深そうな顔をしている。

「神殿に連れていったほうがいいでしょう。神殿長なら、きっと詳しいことを知っている」

「神殿……そんなの、あるんだ」

清貴が驚いてそう言うと、ルアンは頷いた。彼はそっと手を出して、猿の毛並みを撫でる。しかし猿は目を見開いて、ルアンを睨みつけた。

「清貴さま以外には、慣れない様子ですね」

「え、そうなの？」

アザミが猿の毛並みに触れる。すると猿は、やはり目を剝《む》いてアザミを威嚇《いかく》してきた。

「なんでだろう……おまえ、何者？」

「きゅるるるる」

カヤの従者が、彼になにごとか耳打ちしている。カヤは頷いて、すっと背を伸ばした。

アスランと目を合わせ、そして声をあげる。

「今日の狩りは、ここまでだ」

まわりがざわりとした。しかし反対を述べる者はおらず、下馬した者は再び馬に乗り、皆帰り支度をはじめている。

「え、でも……狩りの結果が吉凶を占うとか、なんとか」

「その獣が、まさに吉兆だろう」

アスランが言って、白い猿を顎先で指した。猿は清貴に縋《すが》って、アスランの視線から逃げるような仕草を見せる。

「僕も、そう思うね。まずは戻って……神殿に向かおう」

カヤはそう言いながら、ひらりと馬に飛び乗った。手綱を引くと、馬が短く嘶く。猿はますます怯《おび》えたように清貴の腕にしがみついている。

「じゃあ、行くか」

清貴が乗ってきた馬のほうに向かうと、ルアンがその手綱を持っていた。清貴が近づくと、頭を下げる。

「お乗りになるのを、お手伝いしましょう」

「あ、ありがとう」

清貴が馬にまたがると、アザミも乗ろうとした。しかし白い猿も清貴から離れがたいというように手を伸ばしている。双方とも体重は軽そうだけれど、清貴にはふたりも一緒に乗せる技術に自信がない。

「どうしよう、ルアン」

「では、うさぎは私と一緒に。清貴さまは、猿を乗せてやってください」

「えぇ、僕も清貴の後ろに乗りたいなぁ」

不満げにそう言ったのは、アザミだ。ルアンはちらりと彼を見て、言った。

「私では、不満ですか？」

「そういうわけじゃないけど」

結局ルアンはアザミを後ろに乗せ、森から去っていく一団の後ろについた。猿は馬上を恐れるように、清貴の胴にぎゅっと抱きついている。

「そんなに怖がらなくてもいいよ……」

清貴は片手で、猿の腕を撫でてやる。そうすると伝わってくる緊張が少し解けた。来るときに通った草原を抜け、やがて遠くに白い王宮が見えてくる。その光景に、清貴は少しほっとした。

（でも、この猿……いったい何者なんだろう）

ちらり、と背中にしがみついている白い猿を見やりながら、清貴は考えた。

（そういえば、こっちの世界に来て初めて会った、猿、なんだよな）

そう思うと、やはり清貴と無関係だとは思えない。早く神殿に行って真実を知りたいという気持ちと、なんとなくそうするのが怖いという気持ちが交錯した。

清貴の馬は、間もなく王宮の厩に着いた。ルアンに手伝われて馬を降りる。猿は身軽に地面に降りて、やはり清貴にくっついていた。

「清貴と仲よしになったのは、僕が先なのに！」

頬を膨らませてアザミが言った。

「そのお猿さんばっかり、ずるい」

「いや、ずるいと言われても……」

清貴は困って、ルアンを見る。ルアンは笑って、アザミの頭を撫でた。

「その猿に、名前をつけてやらないんですか？」

「え、名前？」

そう言われて、改めて清貴は猿を見た。黒い目が、じっと清貴を見つめている。清貴が首を傾げると、猿も首を傾げた。

「うーん……チロ、とか？」

「ほぅ」

ルアンは感心したように頷いたけれど、清貴は今ひとつ自分のネーミングセンスに自信がない。

「なんか、犬みたいだ」

「そうですか？　私は、いいと思いますけど」

「チロ、でいいのか、おまえ？」

猿は返事をするように「きゅるるる」と鳴いた。気に入ってもらえたのだろう、と清貴は勝手に解釈して、チロの手を取った。

「ここにいたの、清貴」

そこにやってきたのは、カヤとアスランだった。似ていない兄弟は改めて珍しいものを見る視線でチロを見る。そしてアスランが言った。

「その猿と、部屋に戻っていろ。私は今から、神殿に伺いを立てに行く」

「は、い」

「では、お部屋までご一緒いたしましょう」

ルアンについて清貴が、一緒にチロ、そしてアザミと、四人で連れ立って部屋に向かう。すれ違う者たちは皆、目を丸くしてチロを見ていた。そんな人々の視線を恐れるように、チロは身を小さくした。

「はぁ……ただいま」

部屋に入ると、チロはきょろきょろとまわりを見まわし、隅に走っていって身を小さくしてしまった。

「怖がってるのかな？」

「初めてのところですから、最初は怯えるでしょう」

ルアンはあまり気にしていないようだけれど、清貴はチロの動向が気になって仕方がない。

「あれ？」

ルアンがドアを開けて、外にいる誰かと話している。彼はすぐに戻ってきて、清貴の前にひざまずいた。

「清貴さま、神殿にて、神殿長がお待ちとのことでございます」

「神殿長?」

聞き慣れない言葉に、清貴は首を傾げた。はい、とルアンが返事をする。

「神殿を束ねる、巫女の頭でございます。お呼び出しはおそらく、チロのことでしょう」

「うん……」

部屋の隅のチロを見やると、呼ばれたとわかったのか、チロは清貴のもとにまで駆けてきた。

「一緒においで。偉い人に会うんだって」

「きゅるるるる」

清貴はチロの手を取ると、ルアンのあとをついて部屋を出る。

「こちらです」

ルアンは慣れた足取りで回廊を歩く。清貴は少しおどおどしながら彼についていき、チロはもっと怯えている。歩いたことのない角を曲がり歩いていると、あたりの空気が少しずつ冷たくなっていくような気がした。

「ルアン、神殿って……」

「あちらです」

彼が指し示した方向を見ると、見慣れない建物があった。白く輝いているのは王宮と同じだけれど、王宮は屋根が丸くなって玉ねぎのような形をしているのに対して、神殿は尖塔が特徴的だ。王宮以上に細かい彫刻が施してあって、その迫力に清貴は圧倒された。

「お、大きいんだな……」

「王宮のほうが、面積はありますが」

ルアンは見慣れているのだろう、特に感慨もなくそう言った。清貴はチロを見て、ふたりで一緒に身震いをした。

「参りましょう」

そんなふたりを励ますように、ルアンは言った。颯爽《さっそう》と歩く彼についていきながら、ちらりと振り返ると、チロにはどうしても元気がない。

(空気が、冷たい)

清貴はぶるりと身を震わせた。回廊を渡って神殿の中に入ると、空気の冷たさは本格的になった。あたりはしんと静かで、自分たちの足音だけが場違いに響いている。

「あ……」

そんな中、人の気配を感じる空間に近づいた。そこはひとつの丸い部屋で、床には色タイルが敷いてある。それは王宮の庭園のように色とりどりで、神殿の外観の白一色の冷たい印象から少し救われたように感じた。

(なんか、人がいっぱいいる)

そのことに緊張しながら、なおもルアンについて歩く。

「どうぞ、こちらへ」

彼は頭を下げた。清貴はチロの手を取りながら恐る恐る歩いていく。部屋の中には、床の色タイルに負けず劣らず、いろいろな色彩の衣装を着た者たちが集まっていた。一番奥は教会の祭壇のようになっていて、無数の蠟燭《ろうそく》が燃えている。ゆらゆらと揺れているその光が、たくさんの人影を照らしていた。

「白炎《びゃくえん》……！」

誰かが声をあげた。清貴は、はっとしてそちらを見る。そこにいたのは黒髪をひっつめ、真っ白な衣装をまとった年配の女性だ。彼女は目を見開いてチロを見ている。

「白炎？」

「白炎を連れている？　ということは……」

「あの者は」

集まっている者たちの中には、カヤとアスランもいた。彼らは少し眉根を寄せて、ざわめいている者たちを見やっている。

「清貴、来てくれてありがとう」

そう言って手を差し出したのは、カヤだった。清貴は戸惑いながら頷き、彼らのもとに歩み寄る。

「白炎が……」

そう言って、白の衣装の女性たちが清貴に近づいてきた。彼女たちは試すように清貴を見て、その視線に清貴は怖《お》じ気《け》づいた。

「神殿長。白炎ってなに？」

カヤが、清貴も抱いている謎を口にした。神殿長と呼ばれた年配の女性は頷いて、言った。

「玉兎の従者。玉兎を守る聖獣です」

「玉兎の!?」

その場に居合わせた者たちが、声を揃えて言った。その場で蚊帳《かや》の外に置かれているのは清貴だけのような気がして、急に居心地が悪くなった。

「あの……玉兎って、なんですか」

恐る恐る清貴が問うと、皆がいっせいに清貴を見た。清貴にもう少し胆力が欠けていたら、床を蹴《け》って逃げ出していたかもしれない。

「おまえのことだ」

そう言ったのは、アスランだ。眼鏡越しの水色の目を吊りあげていて、彼は怒っているのかと思った。

「玉兎は、自分の存在する意味がわかっていないようですね」

神殿長が言った。

「よろしい、私が説明しましょう」

「はい……」

清貴は頷いて、神殿長を見る。彼女は、清貴の心の奥までを見透かすようなまなざしでこちらを見返してきた。

「玉兎とは、神の一員」

神殿長は、清貴がぎょっとするようなことを言った。

「この金の星における、重要な役割を担っています。その持つは、世代をつなぐ鎖の役目」

清貴は首を傾げた。神殿長の言うことはよくわからない。助けを求めるようにアスランを見やると、彼は厳しい顔をして清貴を見ている。

「玉兎が選びし者が、次代の王」

神殿長がそう言うと、チロがぴくりと肩を震わせた。

「玉兎の愛する者のみが、王の資格を得る。歴代の王妃は、代々玉兎たる者が担ってきました……本人に、自覚はなくても」

どきりとして、清貴は自分の胸に手を置く。神殿にいる者たちは皆、清貴を注視していた。

「で、でも、俺は」

自分の声が思いのほか震えていて、清貴は驚いた。

「俺は、青の星から来た……部外者ですよ？」

「どこの出身であろうと、白炎が守る以上、あなたは玉兎です」

きりりとした声で神殿長が言う。清貴は思わず姿勢を正した。彼女は、そんな清貴をじっと見つめる。

「今はまだ、自覚はないかもしれません。ですが、あなたは玉兎です」

手をつないだままのチロを見やってから、彼女は言う。

「あなたの愛した者が、次代の王です。そのことを、忘れないように」

「は、い……」

大きく身を震わせて、清貴は答えた。チロとつないでいる手に力を込めると、チロも手に力を入れてきた。

（俺が、愛した人って……）

自分は誰をも愛しているという自覚はない。もとの世界にいたときからそうだったのだ、ましてやこの新しい世界で。

（見られてる……）

神殿には、今どのくらい人がいるのだろうか。二十人？　三十人？　それらの者すべてが、清貴を見ている。そのように感じられる。

（……俺に、愛されたいのかな？　ってことはみんな、王さまになりたいのかな？）

口に出すとかなり陳腐になりそうな発想だったが、神殿長の言ったことはそういうことだ。今まで想像もしなかったけれど、突然この国に現れて、これまで王宮の隅でひっそりと生きてきた清貴の存在が、今にして妙な脚光を浴びているのだ。

（俺が、愛した人……）

ぞくりとする。一挙手一投足まで見られているような気がして、清貴はこの場から逃げ出したい思いに駆られた。ふっと視線を巡らせると、緑の瞳と目が合った。ルアンだ。

（助けて……ルアン）

まなざしにそのような思いを込めたけれど、彼は気づいてくれただろうか。ルアンは少しだけ微笑んで、また表情を固くする。そんな彼の姿を追いながら、清貴は痛いほどに身を強張《こわば》らせていた。

◆

夜は、もう深い。

清貴は、ため息とともに寝返りを打った。寝床の右にはアザミが、左側にはチロが眠っている。規則正しい寝息が聞こえるから、彼らはもうすっかり眠っているのだろう。しかし清貴は眠れずに、また息を吐いた。

（俺が、玉兎とか……そういう、こと）

頭から離れないのは、そのことだ。今まで想像もしなかった展開に、清貴はいまだに驚いている。

（俺が愛した人が王とか、意味が……よくわからないんですけど）

誰に言うともなく清貴はそう唸って、また寝返りを打つ。

（王って、そういうものなの？　神に愛されて、だから王になるとか……）

胸のうちで、そんな考えを復唱しながら清貴は、はっとした。

（そうか、神か……）

神殿長は、玉兎は神のひとりだと言っていた。自分が神だなんて信じられないにもほどがあるけれど、そう考えれば、王の資格としての理由に納得できるような気もする。

（なんか……いろんなことが起こりすぎてる）

そもそも違う世界に落ちてきたこと自体、想像もできなかったことなのだ。その地でなにが起ころうと、今さら驚くことではないのかもしれないけれど。

（俺、ちゃんと自分を保ててるかな）

清貴は自分にそう問いかけた。驚くことばかりが起きて、自分自身がその中に埋没してしまってはいないか――しっかり自分を見失わずに、生きていけているだろうか。

（ずいぶんと、いろんなことに振りまわされてるけど……俺は俺だって、それを忘れないようにしなくちゃ……）

何度目かになる寝返りを打ちながら、清貴がそう考えた、そのとき。

「清貴さま」

密《ひそ》やかな声が、耳に入った。清貴は目を見開く。

「ルアン……？　なに？」

「起きていらっしゃいますか」

彼は、ほっとしたようにそう言った。

「カヤさまが、お呼びです」

「カヤが？」

その名に驚いて、清貴は体を起こした。ルアンが部屋に入ってきて、清貴の寝床の前にひざまずく。

「なんの用……？　こんな時間に」

「わかりませんが、清貴さまをお連れするようにと」

「ふぅん」

清貴は寝台から下りる。ルアンが手を貸してくれた。

「チロたちを起こしてはなりませんから、どうぞお静かに」

「うん」

言われたとおり足音を殺して、部屋を出る。ルアンが音をさせずにドアを閉め、清貴は息をついた。

「なんなんだろう、こんな夜に」

「私には、わかりかねます」

彼は言って、歩きはじめた。清貴は慌ててルアンを追い、静かな回廊にはふたりの足音が控えめに響いた。

等間隔に吊るされた燭台《しょくだい》が照らす回廊を、右に曲がった。このような時間に部屋から出たことはなかったので、清貴はおっかなびっくりだ。一方でルアンは、迷うこともなくてきぱきと歩く。

「こちらです」

立ち止まったルアンが言った。重そうな扉が目の前にある。ルアンは静かに清貴がやってきたことを告げる。すると扉がぎしりと音を立てて開いた。

「……カヤ」

部屋の中は、思いのほか明るかった。あちこちにランプが灯っている。カヤは広い部屋の真ん中の大きなクッションにもたれかかっていて、片手にグラスを持っていた。

「来てくれたんだ、清貴」

「カヤが呼んでるっていうから」

「うん、もう寝てたらどうしようかと思ってた」

実際、もう寝床には入っていたのだけれど。しかしまだ眠っていなかったことは確かなので、清貴は特に反論しなかった。

背後でドアが閉まる。ルアンはドアの向こうに消えてしまったし、部屋にはカヤ以外の姿は見当たらない。清貴は招かれるままに、カヤの隣に座った。

「飲む？」

カヤの手のグラスに入っているのは、酒らしい。クッションの傍らには盆が置いてあって、そこには赤い酒の入っているボトルが置いてある。空《から》のグラスが、ひとつあった。

「え、と……お酒は、得意じゃないんだけど」

「これは、強くない酒だから。弱い者でも飲めるよ」

そう言ってカヤは清貴の手にグラスを持たせ、赤い酒を注いでくれた。

「……甘い」

舐《な》めるようにして酒を口にした清貴は、そう言った。甘いけれどべたつくようなことはなく、すっきりとしている。匂いも甘くてジュースのようだけれど、微かにアルコールの香りもする。カヤがくすくすと笑う。

「だから、弱くても大丈夫だって言ったでしょ？」

清貴は頷いた。アルコールの味もそれほど濃くはない。最初は舐めるように飲んでいた清貴も、少しずつ大胆に飲むようになった。

「美味しい？」

「うん……これ、なんのお酒なの？」

「ヘミロの酒」

カヤは短く答えた。聞いたことのない名前だけれど、なんとなくざくろに似ている気がする。ふぅん、と清貴は頷いた。

「そういうの、飲んだことない」

「じゃあ、いっぱい飲んで。まだたくさんあるよ」

カヤは傍らのボトルを指差した。確かにまだ、なみなみと入っている。清貴は笑った。

「こんなに飲めないよ」

「そう？　気に入ったんだったら、もっと飲んでよ」

機嫌よさそうに彼は言って、自分のグラスを空にした。清貴はボトルを手にする。

「注がせていただきます」

「なに？　あはは、清貴は面白いな」

カヤが笑う。彼がまたグラスを空けるのを見ながら、清貴はようやく最初の一杯を飲み干した。

(ちょっと……酔っ払ったような気がする。これだけで?)

清貴は慌てて、姿勢を正した。

「ねぇ、なにか用事があったんじゃないの?」

「ん?」

「こんな夜中に呼び出しておいてさ。どうしたの、いったい」

カヤは微笑んだ。その笑みになにか妖《あや》しげなものを感じて、清貴はどきりとした。

「どうしたの、か」

「なに……?」

その言葉を噛みしめるようにカヤは言って、そして清貴の手首を摑んだ。

清貴の持っていたグラスが、床に落ちた。幸いなことに割れはしなかったけれど、その行方を追った清貴は、いきなり視界が揺れたことに驚いた。

「あ、あ……?」

気づけば清貴は、大きなクッションの上に押し倒されていた。仰向けの体勢の清貴の上に、カヤがのしかかってきている。

「カ、ヤ……?」

「僕のこと、愛してよ……清貴」

艶めかしい口調で、カヤはそうささやいた。いきなり彼の吐息が近くなって、くちづけられたことに清貴は気がついた。

「ねぇ？　僕のこと、好きでしょう？」

「ん、ん……っ」

カヤは清貴の唇を塞ぎ、くちづけながらそう言った。

「好きって言って……？　そうじゃないと」

いきなり深くキスされて、唇を舐められる。驚きに清貴の唇が開き、そこに舌が入ってくる。舌の表面を、つるりと舐めあげられた。

「ん、ん……！」

「ふふ、清貴の唇……柔らかいね」

ささやきながら、カヤは何度も唇を、歯を舐めてきた。その柔らかい感覚に、脳裏が白く塗りつぶされるように感じた。クッションに横たわっていなかったら、床の上にくずおれていただろう。

「なんか、甘い味するし」

「そ、れは……お酒の、味」

清貴は懸命に抵抗したけれど、体を押さえ込んでくるカヤの手はどんな力の入れかたをしているのか、身動きができない。清貴が身悶《みもだ》えるのを、カヤは楽しんでいるようだ。

「んん、違うな。これは、清貴の味」

小さく笑いながら、カヤは言う。

「味わってみたかったんだよね……清貴の味。やっぱり、甘い」

「な、ぁ……ん、なこと……」

なおも清貴は逃れようとする。するとキスがほどけた。ほっと息をついた清貴だったけれど、カヤの手が腰に触れてきたことに、大きく胸を鳴らす。

「ねぇ、僕のこと、愛してるって言って？」

カヤの指は、器用に清貴のズボンの結び目を解いてしまう。彼は帯を引き抜いて、にやりとどこか邪悪に笑った。

「愛してるって言ってくれないと、ひどい目に遭わせるよ？」

そう言いながら、カヤは清貴の両腕をまとめあげた。ばんざいの要領で腕をあげられて、その位置で両手首に素早く帯をかけられた。

「まぁ、言ってくれても……こうするんだけどね」

「や、ぁ……っ……なに、を……」

手首を帯で縛られた。両腕をあげたまま、体はカヤに押さえつけられて清貴は動けない。

「や、め……カヤ……。なんで、こんなこと……」

「だって、清貴に愛してほしいから」

どこか甘えた声で、カヤは言った。また唇を舐められて、その感覚にぞくぞくする。カヤは繰り返した。

「ねぇ？　僕のこと、好きでしょう？」

「そ、れは……」

嫌いだとは言わないけれど、しかしキスをされて、それ以上をも捧げてもいいほど好きかと言われると首を傾げてしまう。どこか弟のようだった彼がこのように豹変《ひょうへん》するとは思いもしなかったので、清貴は混乱しているのだ。

「好きになって……愛して？」

顔を覗き込まれてカヤの紫の瞳に見つめられると心臓がどきどき鳴りはじめる。しかし彼の言いなりになるつもりはない。

「こ、んな……こと」

夜着一枚の肌をなぞられて、清貴はひくりと反応した。そんな彼に、カヤはくすくすと笑う。

「なんだ、清貴だってそのつもりなんじゃないか」

清貴は身をよじったけれど、カヤは容赦するつもりはないらしい。彼は手をすべらせて清貴の両の乳首を摘《つま》み、力を込めてひねってくる。

「あ、あ……あ！」

そこから体中に、びりびりするような感覚が走る。どくり、と腰に流れ込んだ感覚に、清貴は大きく目を見開いた。

(俺、反応してる……)

そんな自分に驚いた。男に触れられて反応する自分など信じたくなかったけれど、薄い夜着の下の自身は、微かに力を持って起きあがっているのだ。

「いい顔してる、清貴」

カヤは清貴の夜着を押しあげ、現れた乳首にキスをする。少し硬くなったそれを咥《くわ》えられ、ちゅくりと吸われる。すると一瞬、つま先にまで流れ込む快感があって、清貴は大きく目を見開いた。

「感じた?」

「や、ぁ……」

カヤは清貴の乳首を舐めあげ、軽く咬《か》んだ。それもまた体の中心に響いて、清貴は微かな声をあげる。

「清貴、感じてるんだね? 僕に感じてくれている……」

そう言ってカヤは、体をずらす。彼の舌は胸筋の形を辿り、みぞおちを舐める。彼の舌は小刻みに動いて、浮きあがった骨の形を丹念に確認するかのようだ。

「こんなふうにされて……どう?」

「やだ……、や、だ……！」

今にも泣きそうな声音で、清貴は訴えた。しかしカヤには、それを受け入れるつもりがないようだ。

「いやだ、とか……嘘《うそ》つき」

清貴の臍《へそ》のまわりを舐めながら、カヤは言った。

「こっちも、こんなに悦《よろこ》んでいるのに」

「あ、ああ、あっ！」

カヤは清貴のズボンに、手を伸ばした。すでに膨らんでいる中心を、手のひらでなぞられる。

「だめ、そこ……だめ、だって！」

「だめじゃない」

はっとする口調でカヤは言うと、いきなりズボンを引き抜いた。下半身が露《あら》わになってしまい、その羞恥に清貴は強く唇を噛んだ。

「ほら……こんな、かわいくなってる。ここ、大きくして……」

「ひ、あっ！」

彼は清貴自身に指を這《は》わせた。つるりと撫であげられて、自分自身から淫液が滲み出していることが感じられる。

「きみの、いやらしい液がこぼれてる……ねぇ、舐めてもいい？」

「い、やだ！」

清貴は精いっぱい声をあげたけれど、カヤはやめる気はないらしい。硬くなった欲望を根もとからなぞりあげ、先端を指先でくすぐった。その微妙な感覚に、もどかしい思いが生まれる。清貴が脚を擦り合わせると、カヤが笑った。

「もう、出そうだね」

楽しそうな口調で、カヤは言う。

「出してよ……僕に、見せて」

「や……あ、あ……ああ、あっ……」

びくり、と清貴の腰が震える。奥からの衝動が湧きあがり、同時に強く擦りあげられて、清貴の目の前が真っ白になった。

「……あ、あ……あ、ああっ！」

どくり。腰を貫く衝動があった。清貴は何度も短い呼吸を繰り返し、それにカヤのくすくす笑いが絡む。

「かわいい……よく、達《い》けたね」

清貴の視界は、白く曇っている。懸命に目を凝らしてカヤを見ると、彼は手のひらの上の白濁した液体を舐めている。その姿に、また大きく眩暈《めまい》がした。

「達ってる清貴が、あんなにかわいいと思わなかった」

「な、にを……」

頬が熱い。清貴は身をよじったけれど、両腕は拘束されているし、なにより全身に力が入らない。ただ視線だけでカヤを睨みつけると、彼はまた微笑んだ。

「もっとかわいいところ、見せて」

そう言って彼は、清貴の右脚を押しあげた。指は、きつく締まっている後孔に触れる。

「ふふ……ほら、中……すぐに指が、挿《はい》っていくね」

「んぁ……あ、あ……あ、ああっ」

彼の指は内壁を引き伸ばしながら進み、第二関節あたりを埋めたところで、止まった。

「こ、こ」

カヤは楽しげな声とともに、そこを突いた。同時に凄《すさ》まじい刺激が全身を襲って、清貴は腰を引きつらせた。

「あ……な、に……これ」

「あれ、知らない？」

カヤは、清貴の顔を覗き込んでくる。唇をぺろりと舐められて、同時に同じ場所を引っかかれて、また腰が跳ねた。

「ここが、清貴の感じるところ」

「あ、あ……あ、ああ、っ！」

「ほら、すごく感じてる……震えちゃって、すっごくかわいい」

カヤは、執拗《しつよう》にその部分をいじった。擦られ、引っかかれ、押しつぶされてまた擦られる。そのたびに目の前が真っ白になって、体が小刻みに痙攣《けいれん》した。

「も、や……あ、あ……やだ……っ……」

「やだ、とか思ってないくせに」

唇を歪めて笑いながら、カヤはなおも敏感な部分への刺激を続ける。彼はもうひとつの手で清貴自身を摑み、乱暴な手つきで上下に扱《しご》いた。

「だめ……だ、め……っ……！」

ああ、と大きく叫んで、清貴は再び達した。カヤが楽しげに笑う。激しく呼吸をする清貴の唇に、彼がくちづけてくる。

「こんなに敏感なんだったら……もっと、楽しめそうだね」

彼はそう言って、ちゅくりと指を引き抜いた。ほっと息をつく間もなく、彼は自分の衣服に手をかける。ズボンを緩め、彼自身が目に入って清貴は瞠目《どうもく》した。

「僕ので、感じてくれるよね？」

「カ、ヤ……」

清貴は、震える声で彼の名を呼んだ。カヤは嬉しそうに清貴にキスして、そして自身の先端を、開いた秘所に突き立てた。

「……いくよ」

「あ、あ……あ、あ……あ、あっ！」

ずくずくと太いものが挿ってくる。指でも受け入れるのは苦しかったのに、欲望はそれ以上の圧迫感で清貴を攻める。清貴は大きく目を見開き、ぜいぜいと荒い息を吐きながらそれを受け止めた。

「だ、め……だめ……、そ、んな……の……」

「悦んでるくせに」

嘲笑《あざわら》うようにカヤは言った。彼は体を寄せてくると清貴にまたキスをして、ぺろりと唇を舐めてきた。

「中だって、僕のこと嬉しがってるよ？　うねうねって動いて……僕を締めつけてくる」

「ん、な……こと……っ……」

拘束された体では、思うように動けない。清貴は身をくねらせるが、そんな動きはかえって結合を深くするばかりだった。カヤはさらに腰を押し進めてきて、いったん引き抜く。しかしほっとする間もなくまた突き込まれ、敏感な内壁が擦られてますます感じさせられた。

「あ、や……っ……や、あ……っ……」

「中、すっごく感じさせてくれるね？　もう僕、達きそうなんだけど？」

「っあ……達って……達って」

カヤが達けば、この苦痛も終わるのだろう。そう思って清貴は彼を急かした。

「そう……じゃあ、清貴の中で達くよ？」

ひときわ深く突きあげられて、清貴は大きく身をのけぞらせた。そんな彼の腰を抱き寄せ、カヤ自身がさらに奥を探ってくる。

「ああ、あ……あ、あっ」

「ねぇ、清貴」

耳もとでカヤが呟く。

「僕のこと、愛してよ……？」

「ひ、っ……ぁ、あ……あ、ああっ……」

律動がますます激しくなって、清貴の思考は白く塗りつぶされていく。自分の体を支配するカヤのことしか、考えられなくなる。清貴は精いっぱい意識を保とうとし、暴れたけれど、両手の拘束のせいでままならない。

「愛して……もっと、僕のこと……」

（カヤ？）

その声は、どこかせつなく耳に届いた。思わず目を開けてカヤを見つめると、ふたりの視線がかち合った。

「……達くよ」

「んあ、あ……ん、んっ……」

どくり、と大きな衝撃があった。同時に体の奥に火傷《やけど》しそうな熱を放たれて、清貴は目を見開いた。

「あ、あ……あ、あ……っ……」

流れ込んできた熱いものが体の奥に沁《し》み込んでいく。その感覚に、清貴は身を震わせた。

「ふ……っ……」

ふたりの吐息が混ざり合う。唇を合わせられ舌を絡められ、清貴はカヤから逃れようとする。しかし彼はしっかりと清貴を抱きしめて、自由を許さない。口でも下肢でも深く繋《つな》がって、まるで彼とひとつになってしまったかのような錯覚に陥る。

「ん、あ……あ、あ……っ……っ」

「きよ、たか」

途切れ途切れの声で、カヤは清貴を呼んだ。その甘い声に、ぞくぞくと背が震える。反射的に清貴は呻き、その声は自分でも情けないほどに弱々しかった。カヤは、小さく笑って清貴を見る。

「僕のこと、愛してる……？」

ちゅっと音を立ててキスされた。情交の余韻に浸ったまま、ふたりはじっと見つめ合った。カヤの紫の瞳に、微かに自分の顔が映っている。

「ねぇ……僕を、愛して」

「カヤ……」

彼がそう言うのは、玉兎に愛されて王になりたいからだ。清貴もそれはわかっている。それでもこうやって身を交わすと、彼への愛着のようなものが生まれてくる。

（俺って、こんなに情が移りやすいタイプだったっけ？）

くちづけながら、カヤが身をすり寄せてきた。甘えてくるような仕草は今まで清貴の知っていた弟のようなカヤなのに、しかし彼の太い欲望はなお清貴の後孔に埋められて、どくどくと鼓動を打っている。

「ねぇ……清貴」

頬を合わせてきて、カヤは言う。

「もう一回、しよう？　もっと、清貴が欲しい」

「そ、れは……」

こうやって彼を咥え込んでいるだけで、清貴はいっぱいいっぱいだ。あの凄まじい波をもう一回体験しろというのは、この身には過剰だという気がした。

「ねぇ？　清貴だって、足りないでしょう？」

「そ、んなことは……」

繋がったまま、カヤはまたくちづけてくる。唇を、歯を舐められて、舌で口腔《こうこう》をかきまわされる。新たに淫《みだ》らな感覚を呼び起こされながら、清貴はそっと目を閉じた。


カヤの部屋を出ると、回廊の向こうに見える夜はますます深くなっているようだった。

「は、ぁ……」

清貴は深くため息をついた。カヤは朝まで部屋にいろと言ったけれど、朝になって回廊を通る者が多くなる中、自分の部屋に帰るなんて恥ずかしいことはできないと思って断った。

手首には、縛られた痕が残っている。その理由を誰かに聞かれたらどうしよう。そんな戸惑いとともに清貴は自室に帰ろうとした、そのとき。

「清貴さま」

声が聞こえて驚いた。振り返ると闇《やみ》の中からルアンが現れた。清貴は思わず後ずさりをしてしまい、その拍子に腰が抜けて、その場に座り込んでしまった。

「大丈夫ですか、清貴さま」

「大丈夫じゃない……」

本当は起きあがることくらいひとりでできたのだ。しかしルアンの姿を見て、自分の身に起きたことに改めての羞恥が走った。それを隠したくて、清貴はしゃがみ込んだまま立たなかった。

「清貴さま、失礼いたします」

「ん？」

ルアンは清貴の背中と膝《ひざ》の裏に腕をすべらせる。そのまま抱きあげられて、清貴は仰天した。

「や、やめて！　ルアン、俺、重いよ！」

「騒がれませんように。夜遅いです」

冷静に言って、ルアンは清貴を抱えたまま歩き出す。彼が顔色ひとつ変えずに清貴を抱えているものだから、清貴も騒ぐわけにいかず、不本意ながら彼のなすがままになった。

「だ、大丈夫……？」

「平気ですよ。清貴さまは軽いですね」

「それ、別に嬉しくないんだけど……」

一見細身のルアンが言うとおり、軽いのかもしれないけれど――それでも成人男性である清貴を、易々と抱えて回廊を歩くのが信じられない。おっかなびっくりルアンに抱きついているうちに、やがて清貴の部屋に行き着いた。

「もう、下りる」

清貴が言うと、ルアンは丁寧に清貴を下ろしてくれた。床に足をつけるとまだ少しよろりとしたけれど、あとは部屋に入って寝床に横になるだけだ。

「お体、無理をなさいませんように」

「……うん」

そのように言うということは、ルアンはカヤの部屋でなにが起こったのかを知っているのだ。

(うわぁ……)

それを思うとどうしようもない羞恥に襲われるが、清貴は唇を嚙みしめることしかできない。ただ平静を装って、ルアンが開けてくれたドアから中に入った。

寝床では、アザミとチロが平和に眠っている。彼らの姿にほっとしながら、清貴は寝床の自分の場所に潜り込んだ。

(こんなの……寝られるかな)

目が冴《さ》えて眠れないのではないかと思ったが、疲労は確かに体に刻まれていて、間もなく清貴は眠りについた。

アザミの、賑やかな声で目が覚めた。

「清貴、いつまでも寝てちゃだめ！」

アザミが清貴の寝床のまわりを駆けまわっている。チロが、心配そうに清貴の顔を覗き込んでいた。

「うう……」

夜、ルアンに部屋まで運んでもらったのは正解だった。腰から下が怠《だる》くて起きあがれないのだ。目だけでアザミを見あげると、じろりと睨みつけられた。

「アザミ。清貴さまを責めるものではありません」

ルアンの声だ。清貴はどきりとして、枕《まくら》に顔を埋めた。

「でも、起きないいんだもん。ずっと寝てるんだもん！」

ちらり、と目だけをあげて清貴はあたりを見た。アザミが走っている。チロが覗き込んできている。もう少し視線をあげるとルアンと目が合って、清貴は慌てて顔を逸らした。

（昨日は、暗かったからまだよかった……）

ルアンに抱きあげられた記憶も鮮やかだけれど、清貴の体はそれ以上にダメージを受けていた。もちろん、カヤに抱かれたからだ。

（明るいところで、ルアンの顔が見られない）

訊くまでもなく、ルアンはなにがあったかを知っている。その確信は清貴をますます羞恥の沼に突き落とし、顔をあげることができない。

「早く、ごはん食べようよ。清貴が起きてくれないと、食べられないよ」

清貴はのろのろと起きあがった。窓際のクッションの上に座ると、ルアンが手を打った。すると下女たちが現れて、食事の用意をしてくれる。

食欲は湧かなかったけれど、食事に手をつけずにアザミに詮索《せんさく》されるのも本意ではない。のろのろとスプーンを手にして、清貴は美味しいはずの食事を片づけた。

「清貴、どうしたの？」

案の定、アザミがそう訊いてくる。なんと答えたものか、清貴は曖昧に返事をした。

「どっか、痛いの？」

「痛いというか、なんというか……」

カヤに抱かれた後遺症は、痛いというものではなかった。どちらかというと、重い。自分の体が、自分のものではないように感じるのだ。

「大丈夫？　撫で撫でしてあげようか？」

「いや、いい……」

できるだけ元気な様子を見せようと思うが、しかし体が重いのはどうにもならず、食事を終えると早々に清貴はクッションにもたれかかって大きなため息をついた。

「清貴、変なの。チロも、心配してるよ？」

アザミの言葉どおり、チロは「きゅるるる」と鳴きながら清貴に縋りついてくる。その頭を撫でるとチロは少し元気になったような様子を見せ、アザミも「僕も僕も！」と頭を撫でられに来る。

「わかったわかった、順番だって」

そう言いながらアザミの頭を撫でていると、なんとなく晴れない気持ちはましになった。それでも体が重いのが治るわけはなく、清貴はクッションにもたれかかったまま時間を過ごした。

昼の光が部屋に差し込む、暖かい時間だった。清貴の部屋には訪問者があり、ルアンが対応した。

「清貴さま、アスランさまです」

「アスランが？」

意外な訪問者の名を聞いて、清貴は反射的に立ちあがった。三人の従者を連れたアスランが部屋に入ってくる。清貴はぺこりと頭を下げた。

「どうしたんですか？　なにか……」

アスランの表情を見て、清貴はふと思い当たることに身を固くした。そう、清貴は『玉兎』だったのだ。アスランの、清貴を見る顔つきが違う。そんな彼を前に、清貴はますます固くなった。

清貴にくっついているチロをちらりと見て、アスランは言った。

「おまえが玉兎だということがはっきりした。かくなるうえは、このような隅の部屋に置いておいていいはずはない」

「はぁ……」

アスランの言いたいことがわからずに、清貴は首を傾げた。アスランはもどかしそうな顔をする。

「玉兎には、それに相応しい居場所がある。新しい部屋を用意したので、そちらに移るように」

「あ、そういう……」

清貴は部屋を見まわした。確かにカヤの部屋などと比べるとかなり手狭だが、しかし清貴にとってはこれで充分だ。それでも清貴が玉兎である以上、体裁というものがあるのかもしれない。

「新しい部屋の場所は、この者に案内させる。支度が整えば、すぐにでも移動するように」

そう言ってアスランは、傍らの栗色の髪の従者を顎先で指し示した。彼は丁寧な仕草で頭を下げる。

「支度ったって……そんな、大したものはないです」

「では、すぐに移れ。いいな、ルアン」

「問題ございません」

ルアンは上品に挨拶をして、アスランは部屋を出ていった。その後ろ姿を見送ってルアンと目が合い、清貴は何度かまばたきをした。

「部屋……移るって」

「そうですね、仮にも清貴さまは玉兎ですから。確かに、このような部屋ではいけません」

（そんなものかなぁ？）

どこにも問題はないと思うけれど、しかしルアンの言葉には素直に従えるような気がした。清貴は頷く。

「俺、別に荷物とかないけど」

「それでは、さっそくお連れいたします」

アスランの従者の、栗色の髪の青年が言った。清貴は彼に従い、その後ろをチロが、アザミが、そしてルアンがついてくる。

一団は回廊を渡り、左に曲がってまっすぐ、そしてまた曲がる。清貴はひとりでもとの部屋に戻ることは不可能だろうと思った。

「こちらになります」

立ち止まった先にあるのは、大きな扉だった。清貴がアザミを肩車して通り抜けてもぶつからないだろう。その扉を従者が開けたのと、思わず清貴が叫んだのは同時だった。

「わっ！」

部屋の中から、眩しい光が溢れ出したのだ。光が鮮やかで中が見えない。清貴は何度もまばたきをし、やっと慣れた目で見た部屋は、一見して端に視線が届かないくらいに広かった。

「すごい……広い」

昨日見た、カヤの部屋に劣らないだろう。眩しいくらいに明るいのは窓がとても大きいせいで、ぴかぴかに磨かれたガラスの美しさも射し込む光を邪魔しない。

床には絨毯が敷いてある。手前にある絨毯には舞いあがる白い鳥が織り出してあった。奥にあるのは白いうさぎで、細かい織り目でその黒い瞳の輝きまで表現してある。

「アザミ、うさぎだよ」

「これは、玉兎のことじゃないの？」

アザミは、たたたと走って部屋に入った。そして白い鳥の上で手を伸ばす。

「この鳥は、この国の旗にある鳥。白い動物は、吉兆なんだ」

「ああ、そうなんだ……」

アザミは遠慮なく部屋の中を駆けまわる。しかし彼が走るのも気にならないくらい、部屋は広い。

「中、入っていいのかな？」

「入ってください。ここの主《あるじ》は、あなたです」

ルアンがそう言ったので、清貴は遠慮がちに身をすくめて「お邪魔します……」と言いながら中に入った。

「うわぁ……」

部屋に入ってしまうと、目を射るような眩しさは気にならなくなった。それより印象的なのは、壁に埋め込んであるタイル細工だ。

「これは……また、すごいな」

「色ガラスを嵌《は》めて作ってあります。タイル職人の中でも、特に優秀な者しか携わることのできない仕事です」

神殿の丸い部屋の床にあった色タイルを思い出したけれど、この部屋の壁は、もっと細かいピースでできている。それは花鮮やかな宮殿の庭園を表現してあって、空には白い鳥が舞い、そして花に囲まれているのは白いうさぎだ。

「こんな細工がある部屋が与えられるとは、本当に……玉兎というのは、重要な存在なのですね」

アスランの従者が、頭を下げて部屋を辞す。代わりに現れたのは数人の下女で、彼女たちはめいめいに手に持っているものがある。窓際に大きなクッションを揃え、座りやすく整えてからその前にある低いテーブルに盆を置く。陶器の壺《つぼ》やグラスがその上に置かれ、皿が置かれる。皿には小さな饅頭《まんじゅう》のような菓子がいくつも並べられていた。

「どうぞ、お座りください。ごゆっくりなさいませ」

下女たちは下がり、ルアンがそう言った。清貴は恐る恐るクッションに身を預ける。硬すぎず柔らかすぎずのクッションの座り心地も、今までの部屋のものとは違った。ルアンがひざまずいて、壺の中身をグラスに注ぎ、手渡してくる。ふわりと、甘い香りが漂った。

「これ、なにかな?」

「ヘミロの果実を絞ったものです」

清貴の胸がどきりと鳴った。昨日の夜、カヤの部屋で飲んだのもヘミロの酒だった。そのことを思い出しながら中身を口にすると、酸味のある甘さが舌に心地よかった。

「あ、清貴、いいもの飲んでる。僕も!」

広い部屋の探索に飽きたのか、アザミが駆けてきた。ルアンは彼にもヘミロジュースを注いでやる。チロがやってきて、皿の饅頭の匂いをくんくんと嗅《か》いだ。

「これは?」

「パイ生地に、クリームを挟んだものです。糖蜜《とうみつ》がかけてあります」

「わぁ……甘そう」

　確かに菓子の表面はとろとろで、清貴がそのとろみを指に絡めて舐めると、驚くほどに甘かった。

「あまい」

「それはそうでしょう、菓子ですから」

　なんでもないことのようにルアンは言った。この世界に来てそれなりに時間は経っているけれど、まだまだ知らないことがたくさんある、と清貴は頷いた。

「召しあがりませんか？」

「え、と。うん……ちょっとずつ」

　清貴は曖昧に笑って、グラスを両手で持った。ルアンは少し不審そうな顔をしたが、それ以上勧めてはこなかった。

「訪問者のようです」

　ルアンが言って、立ちあがった。清貴にはなにも聞こえなかったので、首を傾げるばかりだったけれど、ルアンが扉を開けると三人の男性がいた。

「玉兎のきみに、ご挨拶申しあげます」

　先頭に立った男性が言った。彼らはとりどりの色の衣装をまとっていたうえに、それには見るからに豪華な刺繍が施してあることから、身分の高い人物なのだろうと思われた。

　彼らは果物の乗った皿と、大きな瓶、たたんだ布を持っていた。男性たちは清貴の前に膝をつくと、持っているものを清貴の足もとに置く。

「心ばかりの品です。お受け取りください」

「あ、はい……ありがとうございます」

彼らは立ちあがり、会釈をして出ていった。果物はわかるし、瓶にも酒かなにかが入っているのだろう。しかしたたんだ布がなにかわからず広げてみると、それは真っ赤な貫頭衣で、金色の非常に目の細かい刺繍がちりばめられていた。

「これ……俺に、着ろってこと？」

「清貴さまがお召しになったら、喜ばれるでしょう。着替えますか？」

「いや……ちょっと、派手すぎない？」

それが大変手の込んだ衣装であることはわかるが、なにしろ鮮やかな赤に金色だ。自分に似合うのかとの気持ちもあった。

「私は、お似合いだと思いますが」

「ルアンって、ときどきびっくりすること言うよね……」

呆れていいのか感心していいのか、清貴は肩をすくめてそう言った。するとルアンはまた扉のほうを見て「訪問者です」と言った。

「また？」

思わず言った清貴に、ルアンはどこか人の悪い笑みを浮かべる。

「皆さま、玉兎のきみにご挨拶なさりたいのです」

ドアに歩み寄りながら、ルアンは言った。

「お覚悟なさいませ。訪問者は、どんどん増えますよ」

彼が扉を開けると、そこには別の男性たちがいた。そのあとにも訪問者は続々と現れ、列が途切れることがない。ルアンの言うことは正しかったと清貴は実感することになる。


ガラスがあるのを忘れるほどにきれいに磨かれた大きな窓に寄りかかり、清貴は空を見あげていた。

慌ただしい昼の時間は終わり、今はもう夜だった。夕餉も終わり、アザミとチロも寝床に入っている。

「ふぅ……」

ガラス越しに夜空が見える。こうやって夜空を見あげると、真っ先に目に入るのは大きな青い星だ。その輝きを彩るように、そのまわりにはたくさんの星がきらめいている。

はっきりとした確証はないが、あの青い星が地球で、自分が今いるのは月なのだろう。

こうやって故郷の星を見つめていると、清貴には思い浮かぶことがたくさんあった。

(母さんは、俺が月を見るのをいやがっていた)

その理由がわからなかった。しかし清貴が、こうやって金の星――月にやってくるのが運命だったのだとしたら、母親の言っていたことに納得できる。

(どうしていやがっていたのか……母さんは、俺の運命を知っていたのかな)

それを確かめる方法はないけれど、今考えるとそうとしか思えない。もしかすると母は本能的に、清貴がいずれ自分のもとを去ってしまうことを感じ取っていたのかもしれない。

(母さん……元気かな)

毎日いろいろなことがあって、まわりにもたくさんの人たちがいて、さみしさを感じる隙はなかった。しかしこの部屋の窓から見あげる空がひときわ美しいせいか、青の星が鮮やかに見えるせいか――今夜の清貴は、自分でもおかしく思うくらいに感傷的だった。

(母さんも、みんなも……俺のこと、覚えてるかな)

もとの世界に戻れるのだろうか。それとも清貴はこの先ずっと、この金の星で過ごすことになるのだろうか。

(もしずっとここで生きる運命なんだったら……母さんにもみんなにも、俺のことは忘れてしまってほしいけど)

それは、そう思わないと清貴自身やっていけないという心からでもあった。行方不明になった息子を思って母が泣いているかもしれないなんて、想像するだけで胸が締めつけられるようだ。

（忘れてしまってほしい……そう思うのは、俺が……俺もなんとなく、もとの世界のことを忘れてるせいかもしれない）

故郷のことを思いながらも、清貴はそのことを自覚していた。少しずつ青の星でのことを忘れている――それに気がついたのは、チロが現れて清貴が玉兎だと言われ、自分でもその自覚を持ちはじめてからだった。

（もちろん、母さんのこともみんなのことも、ちゃんと覚えてる……けど）

清貴は、そっと首を振った。まったく忘れているというわけではない、しかし自分はもっと強烈な望郷の念に囚《とら》われてもいいと思うのに、懐かしいという気持ちはあれど、それほど切羽詰まった気持ちにはならないのだ。

（それは、俺が玉兎だからなのかな）

玉兎が愛した者が王になる――今の清貴は誰も愛していないし、その兆しすら見えてはいないけれど。

（そのうち俺も、誰かを愛する？　玉兎としての役目を果たす？）

今の清貴には、なによりもそのことが大切だという気持ちがある。人を愛するなんて誰かに強制されるものでもなければ、自分でどうにかできるものではない。もっと自然発生的な感情だと思うから、これぱかりは清貴も運命の巡りを待たなければならないのだろう。

（それは明日か、来月か……何年も先か）

清貴は、ふるりと身を震わせた。

(俺はいったい、誰を愛するんだろう)

改めて夜空を見あげながら、清貴は薄く微笑んだ。ガラスに額を押しつけ、その冷たい感覚を味わいながら考える。

(もし誰にもそんな感情を持たなかったら、どうなるんだろう。俺が一生、誰も愛さなかったら……?)

そのことは国としても問題だろうし、清貴自身それはさみしいな、という気がした。今は故郷への哀愁よりも、そちらに意識が向いている。

(誰かを愛して愛されてって、重要なことなのかもしれない)

清貴が玉兎だということ以上に、人間として必要なことだと思った。王としての資格が『玉兎に愛される』というのはどことなく曖昧でぼんやりとしたものだと思っていたけれど、それでいて人間の原始的な感情なのだから、無視できない強力な条件なのだろう。

(今までの玉兎に、会ってみたい)

玉兎が複数いることはあり得ないから、それは不可能だとわかっている。それでも清貴は、そう思った。

(みんな、どんな人を愛したのかな……どうやって、王たる者を見つけたのかな)

窓から離れて、清貴は床に置いてあるクッションの上に座る。角度を変えると、夜空からはまた違う印象を受けた。

（それは俺が気づいていないだけで、もう決まってるんだろうか。それとも、まだ定まっていない未来なのかな……？）

とめどない思考に身を任せながら、清貴はなおも夜空を見つめ続けた。

5

新たに清貴に与えられた部屋は、大きな中庭を臨む。部屋も広いが庭も広いので、アザミとチロが走りまわるのにちょうどいい。

「チロ、こっち、こっち。こっちだよ！」

アザミがチロを呼び、近づいてくると逃げる。すると意地になったのかチロがアザミを追いかけ、また逃げられる。それを繰り返しているのを、清貴は庭の隅から眺めていた。

「元気だなぁ」

感心して、清貴は呟《つぶや》いた。アザミもチロも元気いっぱいだ。今日は特別に天気もいいし、走りまわりたくなる気持ちもわかる。

カヤの太子傅《たいしふ》であった清貴だったが、彼が『玉兎《ぎょくと》』であることが判明して、形式上はともかく実質的にはその役を外された。もっとももとから、太子傅らしい仕事などしていなかったのだけれど。

清貴の座るベンチの後ろには生垣があって、その先にも続く庭と区切ってある。ここは、清貴専用の庭と言えた。

「清貴」

いきなり声がかかって驚く。清貴が振り返ると、生垣の向こうからアスランが現れた。

「あ、こんにちは」

清貴は立ちあがって、頭を下げた。ああ、とアスランはいつもどおりの鷹揚《おうよう》な態度で言った。

「どうしたんですか、こんなところに……おつきの人とか、いないんですか？」

「おまえがどうしているか、見に来たんだ」

もちろんアスランとは何度も顔を合わせているけれど、彼のほうから清貴を訪ねてきたことなどない。彼がなぜここに現れたのか不思議に思いながら、清貴はアスランを見あげて首を傾《かし》げた。

「おまえ……」

「はい？」

アスランは、なにかを言い淀《よど》んでいるようだ。清貴はますます不思議な気持ちに囚《とら》われて、彼を見やる。眼鏡《めがね》越しの水色の瞳《ひとみ》は、なにか迷っているようだった。

「おまえは……カヤのものになったのか？」

「え？　ええ、え？」

アスランの言葉に驚愕《きょうがく》して、清貴は妙な声をあげてしまった。だが、彼はなおも清貴を見つめていた。

「なんですか、それ。自分がカヤのものとか……意味がわからない」

「違うのか？」

「違いますよ……それって、あの」

カヤに抱かれたことを言っているのだろうか。アスランもはっきりとは言わないけれど、清貴もあの夜のことを口にする勇気はない。互いを見つめ合って、ふたりの間にはなんともいえない緊迫した空気が生まれた。

「おまえは……カヤを、愛したのか？」

アスランは言いにくそうにそう言って、じろりと清貴に目をやった。清貴は慌てて、両手をぶんぶんと振る。

「そ、そんな自覚はありません！」

「しかし、カヤは」

「カヤがなんて言ってたかは知りませんけど、アスランが思ってるようなことは、ありません！」

清貴は大きく首を左右に振った。するとアスランはどこか安堵《あんど》したような顔をした。

「カヤのやつは、清貴はもう自分のものだと」

「違いますっ」

清貴は懸命に否定した。アスランが一歩、近づいてくる。清貴は顔をあげた。こうやって近くで見ると、アスランはやはりどきりとしてしまうくらいに美形だった。

「カヤがそう言う理由は……まぁ、わかりますけど。でも、カヤのものになったとか……愛するって、そういうことじゃないでしょう？」

「そうだな」

アスランが頷《うなず》く。彼は手を伸ばしてきた。その手が清貴の顎《あご》に触れて、さらに胸が大きく鳴った。

「ではあれは、カヤの思い込みか？　それとも私を、牽制《けんせい》したのか？」

「それは、わかりませんけれど……」

カヤがなにを考えているのかなんて、清貴にはわからない。他人の思考など理解できるはずもないけれど、それ以上にいきなり清貴を抱いてきたカヤの発想は、不可解だ。

「でもとにかく、カヤのものとか、違いますから！　俺が玉兎だからそういうの気にするんでしょうけど、でも本当に、違います！」

「ああ」

アスランは、清貴の顎に触れた手で彼をあおのかせる。アスランの顔が近づいてきて、そして唇に柔らかいものを感じた。

「ん……っ……」

「カヤがおまえを独り占めにするのは、許せないな」

キスを仕掛けてくるアスランは、唇を重ねたままそう言った。

「おまえを、カヤに奪われるわけにはいかない……カヤに、渡すものか」

「ん、んっ！」

清貴はとっさに後ずさりをして、アスランから逃げた。ふたりの唇は離れて、清貴は手の甲で唇を擦《こす》った。

「清貴！」

声が響いて振り向くと、そこにいたのはアザミとチロだった。

「なにしてるの？　あ、アスランさま！」

「いや……」

アスランはどこか居心地悪そうに視線を逸《そ》らした。清貴も彼らの顔が見られなくてそっぽを向いてしまい、アザミは不満げな声をあげる。

「アスランさまも一緒に遊ぶ？　遊びに来たんでしょう？」

アスランは「いや」と口ごもりながら、服の裾《すそ》を翻して去っていってしまった。清貴は、唖然《あぜん》とそれを見送る。

「アスランさま、行っちゃった」

そのとき、部屋のほうからルアンが出てきたのが見えた。清貴は彼の姿にほっとする。

「ルアン、どうしたの？」

アスランのことなど忘れてしまったかのように、アザミは現れたルアンのほうに走っていく。チロもそれを追いかけた。

「お昼ごはんの時間ですよ」

歓声があがる。ルアンは清貴のもとに歩いてきて、同じことを言った。

「うん、ありがとう……」

清貴がなんとなく口ごもってしまったのは、ルアンがなにか言いたげな顔をしているからだ。

（アスランにキスされたの……見てたのかな）

そう思うとなにやらとても恥ずかしくて、ルアンの顔が見られない。アザミが清貴の手を取って「早く行こう」と言ってくるのに、「うん」とも「ああ」ともつかない曖昧《あいまい》な返事をしてしまった。

（いや、あれは……別に。アスランがなにを考えてるのかはわからないけど）

ルアンは清貴たちの後ろについてくる。彼がじっと清貴を見ているかのように感じた。

（俺が望んだわけじゃないんだ……カヤとのことも、俺は悪くない！）

悶々《もんもん》とした気持ちを抱えながら、清貴は部屋に入る。中では下女たちが食事の準備をしていて、漂ってくる美味《おい》しそうな匂《にお》いに、ぐぅと腹が鳴った。

◆

清貴は、広い回廊を歩いていた。

アザミとチロがついてくる。アザミは弾むような足取りで、とても楽しそうだ。

「あ」

そんなアザミが声をあげたので、清貴はそちらを見た。回廊の向こうに立っている、白い衣装の男性がいた。彼がこちらを見つめているので、惹《ひ》かれるように清貴は歩み寄る。

「久しぶりだね、清貴」

「ハヤット……」

風が吹いて、彼の水色の髪がふわりとなびいた。その青い瞳が、じっと清貴を見やってくる。

「神出鬼没ですね、いつも突然現れる」

「なにを言ってるんだ、きみを捜してたんだよ」

「へぇ？」

首を傾げる。ハヤットは楽しげに微笑《ほほえ》んで、なおも清貴を観察するように見ていた。

「どうして、俺を？」

「カヤさまのものになったって、本当？」

「ああ……」

ハヤットの質問に、清貴は頭を抱えたい気分になった。ちらりと横目でハヤットを見て、小さな声で問う。

「その話、もしかして王宮中に広がってるんですか？」

「まぁ、玉兎のきみに興味がある者は、知ってるかもね」

「じゃあハヤットも、玉兎に興味があるってことですか？」

清貴が言うと、ハヤットはぴくりと眉《まゆ》を動かした。そして唇の端を持ちあげて、にやりと笑う。

「まぁ、ないとは言わないけど」

「あるんだ……」

そのうえでカヤとのことを知っているとなれば、アスランのように清貴が「カヤのものになった」と受け取るのも不思議ではない。いったいどのくらいの者たちがそのような誤解をしているのかと、清貴はぶるりと震えた。

「きみにはぴんとこないかもしれないけどね、玉兎が現れたってことで、王宮は大騒ぎなんだよ」

「王宮が、みんな大騒ぎ？」

「そう、玉兎の出現に立ち会うなんて、そうないことだからね」

ハヤットは、声をあげたアザミに向かってそう言った。

「しかもその玉兎が青い星からの客人とあっては、皆が興味を惹かれるのも無理はない」

そう言ってハヤットは、また視線を清貴に戻した。彼の視線はどこか清貴を試しているかのようで、そのまなざしに晒《さら》されているのはどうにも居心地が悪い。

「もちろん俺も、そのうちのひとりだ」

ハヤットは一歩、清貴に近づいた。顔を近づけられて、清貴はたじろぐ。ハヤットは腰に腕をまわしてきて、ぎゅっと清貴を抱きしめた。

「う、わ！」

「カヤさまのものじゃないんなら、俺が奪っちゃってもいいのかな？」

「え、え？」

そのまま顔を寄せられて、ぎょっとする間もなく、くちづけられる。いきなり舌を突き込まれる深いキスに、清貴は大きく目を見開いた。

「ん、ん……っ！」

入ってきた舌に唇を開かされる。するとなにかが入ってきた。丸くて固い小さなものだ。それを口の中に押し込められて、反射的に飲み込んでしまう。

「な、ぁ……」

「きゅる、るるるるっ！」

ハヤットに抱きしめられてキスされる清貴が我に返ったのは、チロの鳴き声があたりに響いたからだ。

「きゅるる、るるっ！」

キスを解かれて、清貴は大きく息をついた。見るとチロが、ハヤットの衣装の裾を懸命に引っ張っている。

「チロ、大丈夫だから」

「きゅる、きゅる……」

清貴は慌ててハヤットから遠のき、チロを呼んだ。チロは不服そうだったけれど、ハヤットをじっと見ながら手を離す。ハヤットは猛獣に襲われたような顔をしていた。

「ふぅん……無害そうに見えても、やっぱり白炎は玉兎の守護獣だってこと？」

彼はチロを見て、清貴を見て、そしてため息をついた。

「そ、それより、ハヤット！」

清貴は慌てて声をあげる。

「なにか飲ませた……俺、なにを飲み込んだの？」

「ん？　なんのこと？」

ハヤットは首を傾げる。その表情は本当に「心当たりがない」というようだったが、気のせいではない。清貴は確かに、なにか丸くて固いものを飲み込んだ。

「じゃ、ご機嫌よう」

ハヤットはひらひらと手を振り、行ってしまった。彼の白い衣装がひらりと翻る。清貴は大きくため息をついた。

「ハヤットさま……不思議な人だね」

そう言ったのはアザミだった。そういえばあれだけ騒がしいアザミが、ハヤットの前ではおとなしくしていたのだと清貴は今さらながらに驚いた。

「なんだか、普通とは違う感じ。不思議な人」

言いながら、アザミはいつもの調子を取り戻した。そしてまた回廊を歩きはじめる。いつものんびりしているチロは、ハヤットを前に本能をくすぐられたとでもいうのか、厳しい顔をしていた。

「チロ、大丈夫だから……そんな顔しなくても」

そう言うと、右手を握っているチロは清貴を見やって「きゅるるる」とかわいらしく鳴いた。


ぶるり。清貴は身を震わせた。

昼間は暑くも寒くもないいい気候だけれど、やはり夜になると少し冷える。しかし清貴のこめかみには、ひと筋汗が滴っていた。

「なに……これ」

もう夜は遅い。王宮は寝静まっている。しかし清貴は眠るどころではなく、ひとりで中庭をうろうろしていた。

(なんだか、体が熱い)

自分の体を抱きしめて、清貴はまた身震いする。

(単に熱いってわけじゃない……なんか、発情……してるみたいな)

体の不調は夕方ごろからはじまっていた。夕食の席で、清貴の異常に気づいたのはルアンだった。しかしその理由はわからない。チロたちが寝入っても異変は治まらず、清貴は少しでも涼もうとひとりで部屋を出た。

(なんなの、これ。どうしたら治まるの?)

広い中庭をうろうろし、熱を抑えようとした。しかし落ち着かない体はますます高揚するばかりで、清貴のこめかみにはまた汗が流れた。

「清貴」

突然名を呼ばれて、はっと足を止めた。生垣の向こうから人影が現れる。ハヤットだ。清貴はどきりとした。

「ふぅん……？」

「な、なに？」

このような状態で会いたい相手ではない。清貴は後ずさりをしたけれど、逃げる前にハヤットは清貴を素早く抱き込み、ぐいと体を近づけてきた。

「効いてるみたいだね」

「な、にが……？」

震える清貴の唇に、ハヤットはくちづけてくる。昼間そうされたような、いきなり舌を突き込んでくる濃厚なキスだ。

「は、ぁ……っ……！」

「ふふ」

キスしたまま、ハヤットは笑った。そんな微《かす》かな震えも、清貴を敏感に刺激する。

「俺の思いどおりに反応してくれて、嬉《うれ》しいよ。清貴」

「なぁ、に……を……」

深くくちづけられているからだけではない、清貴は自分がうまくしゃべれないことに気がついた。体の異変が、ここまできている。

「もちろん、わかってるよね？」

「……なに、が？」

震える声で、清貴は訊《き》いた。

「昼間飲ませた、あれだよ」

(やっぱり)

あのときハヤットはとぼけたけれど、やはりなにかを飲まされていたのだ。

「その、せいで……俺は、こんな……?」

「うん、そうだね」

今の雰囲気に似つかわしくないくらい、明るい調子でハヤットは言った。

「清貴が、感じやすい子でよかった。あれは、効き目にむらがあるからね」

そう言いながら、ハヤットは清貴を抱きしめる。強く抱かれて、全身がぞくぞくした。

思わず身をよじると、ハヤットは嬉しそうな声で言った。

「もう、ずいぶん……効き目を感じているだろう?　俺に抱かれたい?」

「そ、んな……こと」

唇越しの問いに、清貴は震えながら答えた。

「い、や……っ」

「嘘《うそ》つき」

ハヤットが清貴の腰を大きな手で撫《な》であげる。そうすると頭の芯《しん》までがぞくりと震える感覚があって、清貴は目を見開いた。

「体は、こんなに素直なのにねぇ？　もう、こんなに勃《た》てて……ふふ」

清貴の腰を抱きながら呟いて、ハヤットは勃起《ぼっき》を押しつけてきた。男の欲望など感じさせられても、萎《な》えるばかりだ――そう思うのに、清貴は自分の息が荒くなってきていることに気がついた。

「俺のことが欲しいだろう？　ここ……挿《い》れて、突きあげてほしいんじゃないの？」

「違う……そ、んなの……！」

声を嗄《か》らす清貴に、ハヤットは笑う。ぎゅっと抱きしめられて足をすくわれ、体のバランスを崩した。気づけば清貴は柔らかい下草の上に横になっていて、のしかかってくるハヤットを見あげていた。彼の背後に夜空の星が輝いている。

「屋外でっていうのは予想外だったけど、これもまぁ、乙だよね」

「な、にを……」

再び深く、くちづけられた。口腔《こうこう》を探られながら、胸に触れられる。衣服の上から乳首を擦られて、清貴の喉《のど》からひゅっと息が洩《も》れた。

「ここも、感じてるね。こんなに尖《とが》らせて……衣服越しでも、わかるよ」

そのまま彼は乳首を摘《つま》み、きゅっとひねる。それだけで清貴は感じてしまい、全身を大きく震わせた。

「敏感な体だ……これは、楽しめそうだね」

「やぁ……っ……」

ハヤットは清貴の衣装をたくしあげ、素肌に直接触れてきた。腹を撫でられて脇腹《わきばら》をくすぐられ、みぞおちを辿《たど》られて、きゅっと乳首を摘まれる。

「はあ……ん、んっ！」

「あの薬は、確かに強力だけれど……ここまで、効くとはね」

たくしあげた清貴の上衣を、ハヤットは器用に脱がせてしまう。上半身を裸にされて、夜風が熱い肌をなぶる。

「ふふ……きれいな肌」

自分はきっちりと着込んだままで、ハヤットは楽しそうに笑った。剝《む》き出しの肩に咬《か》みつかれて、ひくりと大きく腰が跳ねる。

「こんなところも、感じるんだ……？」

「ち、が……これ、は……！」

飲まされた薬のせいで敏感になっているだけだ。そう言って抗《あらが》おうとしたけれど、自分がハヤットの手に堕《お》ちているという事実がなくなるわけではない。

彼は舌を伸ばし、鎖骨を舐《な》めた。かりっとまた歯を立てられる。その傷痕《きずあと》に舌を這《は》わされ何度も舐められてから、今度はすでに尖っている乳首をもてあそばれた。

「あ、あ……あ、ああ……っ」

「小さくて、かわいい」

直接乳首を舐められ、咥《くわ》えられた。きゅっと吸われると腰の奥までがぞくぞくする。全身が大きく震え、それを笑われる羞恥《しゅうち》が耐えがたい。

「こっちも……ほら、俺の指を待ってる」

乳首を舐められ、しゃぶられ、力を込めて吸いあげられて。体の芯はひとりでこらえていたときよりもずっと熱くなっていて、このまま達してしまいそうだ——清貴は腰をもぞつかせた。

「もどかしい?」

「んぁ……あ、あ……っ……」

「乳首より、こっちを……してほしい?」

ハヤットの手が清貴の体をすべり、まだズボンをつけたままの下半身に触れられる。しかしまとっているのは薄い一枚だけだ。器用に指を使ってくるハヤットの手業から逃れる術《すべ》はなく、勃起している自身をなぞられて、ぞくぞくっと下肢が震えた。

「ふふ……震えてる。本当に、こういうの、好きなんだね」

「そ、ん……なっ、……」

「だって、本当にこうやって……食べちゃいたい……清貴」

甘い声で、ハヤットがささやいた。

「きみのすべてを、俺のものに、したい」

「あ……あ、ああ、っ……」

そんな言葉を聞かされても、おぞましいばかりだ。いやなはずなのに清貴の体は反応していて、この行為はまるで恋人同士のものであるかのようだ。

「だめ……そ、こ……達《い》く、から……！」

「達く？」

ぺろりと乳首を舐めあげながら、ハヤットは楽しそうに言う。

「だったら、飲ませて？　ふふ……まだ達っちゃだめだよ？」

そう言いながら、彼は体を起こす。清貴の腰に手をすべらせてズボンを引き下ろした。張り詰めた自身が、外気に晒される。

「ふふ……泣いてる。かわいそうだね？」

「んや……あ、あ……、は、やく……早く……！」

清貴は腰を揺らめかせた。快感の中心に触れられないことがもどかしく、自分の手を伸ばそうとした清貴は、それを押しとどめられる。

「自分でやっちゃだめだよ……俺に、飲ませて」

「ふぁ……あ、あ……っ……」

ハヤットは屈《かが》み込んで、清貴自身にくちづける。ちゅ、ちゅ、と音を立てながら清貴を焦《じ》らし、そうして先端を咥えると、きゅっと吸った。

「あ……あ、あ……っ……！」

体の中で渦巻いていた熱が、弾《はじ》ける精液に凝縮されたかのようだ。清貴は大きく腰をわななかせる。どく、どく、と腰の奥から熱が溢《あふ》れ出して、断続的に吐き出した清貴は、何度も大きな息を吐いた。

「は、あ……あ、あ……っ……」

「ふふ……」

ごくり、と嚥《えん》下《か》の音がした。思わず目を見開き、そっと視線を下げると、自分の唇を舐めているハヤットと目が合った。

「の、んだ……？」

「美味しかったよ」

ハヤットは体を寄せてきて、清貴の唇にキスを落とす。伝わってきた味は苦くて不快で、清貴は眉根を寄せた。

（薬が、効いてるんだ）

どこか意識の遠いところで、清貴は思った。

（だから俺……おかしくなってるんだ）

薬のせいならば仕方がない。舌を絡め合わせ、ぺちゃぺちゃと音を立てながらの深いキスを受け入れている自分を、清貴はそう解釈した。

「ん、ん……っ……」

「もっと、感じさせて？」

蕩《とろ》けるような甘い声で、ハヤットはささやく。

「もっと俺を……清貴、まだ隠してるだろう？」

ハヤットの手がすべったのは、両脚の間だ。彼の指は双丘を分け、その奥の秘所を探り出した。

「あ、あ……あ」

「ここ、ひくひくしてる」

そう呟いて、ハヤットは指先を突き込んできた。そこを無理やりカヤに暴かれたことを思い出す。信じられない行為だったけれど、あのとき感じた快楽を思い出すと、そこがじわりと潤んでくるような気がした。

「期待してる？　俺に突っ込んでほしい？　ここは、突っ込んでほしそうだけどね……？」

「そ、な……期待、な……あ、ん……っ」

ハヤットはつぷりと指を突き込み、ひと息に第二関節までを埋める。清貴の快楽の源泉を知っているかのようなハヤットの指は、清貴のためらいを打ち壊していく。

「あ、あ……あ、あ……ぅ……っ」

「ここ、ぷにぷにしてて気持ちいいね」

感じる部分を何度も触れられ、清貴はまた体の芯がぞくぞくする感覚を味わわされた。

「ほら……ここも、すぐ元気になった」

「いぁ、あ……あ、……あ、ああっ！」

内壁を擦られ、敏感な部分を引っかかれる。それに反応して腰が跳ねるのを、手で押さえつけられる。指は、なおもそこを刺激した。

「だ、め……もう。そ、こ……だめ……っ……」

「もっと、感じさせてあげる」

ささやき、ハヤットは指を引き抜いた。はっ、と清貴は声をこぼす。ハヤットの両手は清貴の腰にかかり、彼はそのまま力を込めた。

「あ、あ……あ、っ……？」

気づけば清貴は、下草の上に四つん這いになっていた。肘《ひじ》で体を支え、腰を大きくあげた格好だ。

「こうすると、きみのかわいいところが全部見えるね」

「や、ぁ……あ、あ……っ」

ハヤットは清貴の臀《しり》に触れる。清貴の奥に舌を這わせ、指一本で開いた秘所を舌先でも溶かそうとした。

「そ、んな……ところ。や、あ……あ、あっ」

「こうされると、感じるだろう？」

くちゅくちゅと音を立てながら、ハヤットはきつい後孔を舐め溶かす。そこへの刺激で清貴は全身が蕩けるような感覚を得て、肘で上半身を支えていることが辛《つら》くなってきた。

「あ、あ……そこは、そ……こ、は……ぁ」

「だいぶ、柔らかくなったかな」

その言葉とともに、秘所に押しつけられたものを感じる。ぐちゅり、と淫《みだ》らな音が聞こえて、同時に後孔を押し拡《ひろ》げる衝撃があった。

「あっ、……あ……あ、ん、んっ！」

「ふふ、狭い」

ハヤットの手が、清貴の腰を押さえつける。身動きは許されず、その体勢でハヤットを受け入れた。それはカヤとの行為とはまた違い、もどかしくなるほどにゆっくりとした、自然にねだる声が洩れてしまうような瞬間だった。

「きみの、秘密の場所……知ることができて、嬉しいよ」

「ひぁ、あ……あ、ん……ん、……っ」

「中が、うねうねしてる」

嬉しそうな声で、ハヤットは呟く。

「俺を歓待してる……もっと奥へって、誘ってる」

「あ、は……っ……ん、ん……ん、っ……」

ハヤット自身が触れたのは、内側の感じる部分だ。それにハヤットも気がついたのだろう。彼は腰を引き、突き、また引いて、そこを擦った。それは指で刺激されるのとはまた違った、体中に溶けて流れ込む熱い快楽だ。

「だめ……そ、れ……以上」

「カヤさまには味わわせたのに？」

清貴は息を呑《の》む。振り返ろうとすると彼はいきなり深く突き込んできて、清貴から言葉を奪ってしまった。

彼は体を折って、清貴の耳もとに口を寄せる。すると咥え込む角度が変わって、清貴は新たな声をあげてしまった。

「い……あ、あ……あ、あ……ん、っ……！」

「ふふ……ここがまた、清貴の感じるところ」

そう言って、ハヤットは最奥を何度も突いた。ずんずんと突きあげられる衝撃に清貴は何度も甲高い声をあげ、大きく腰を反らせる。そうするとまた咥え込む角度が変わり、新たな快楽が清貴を襲った。

目の前が、真っ白に塗りつぶされる。突かれるたびにちかちかと星が飛ぶ。自分の体が際限ない快楽に悲鳴をあげ、限界を訴えていることがわかる。

「達って……出して。俺も、清貴の中を……汚す、から」

「あ、あ……ハヤット……あ、あ……もう」

清貴の背の上にのしかかるように、ハヤットは体勢を変えた。ふたりの頬《ほお》がすり寄せられる。ハヤットは清貴の唇を求め、ふたりは二箇所で繋《つな》がった。

「も、う……もう……」

「清貴も……達っ、て」

小刻みに震える清貴の体を抱きしめながら、ハヤットは呻《うめ》く。腰を前後に揺らし乱暴な抽送を繰り返し、なおも清貴を追い立てた。

「あ、あ……あ、あ……ん、んっ！」

体を貫いた大きな衝撃に、清貴はびくっと身を震わせる。そんな彼の体を抱きしめたハヤットは自身を引き抜き、そして再び突き立てた。

「っあ……あ、あ……っ……あ、あ……」

「清貴」

ハヤットの手が清貴の胸にすべり、尖りきった乳首を摘む。きゅっとひねられて、その衝撃で清貴は自身を放った。

「……あ、あ……あ、ああっ……」

「俺を、愛して」

ハヤットの声は耳に響いたけれど、その意味を摑《つか》むには清貴の意識は混濁しすぎていた。清貴は何度も頷いたが、そんな彼をハヤットもわかっていたはずだ。

「愛して……俺の、こと」

全身から力が抜けて、清貴は地面に突っ伏す。ハヤットは少し笑って、清貴の背を淫らに撫でた。

「きみの体は最高だな……これで終わりだなんて、思わないでね」

そして清貴の頬にくちづける。ちゅっ、とかわいらしい音がして、そっと微笑んだハヤットの反応に、清貴は気づけないでいた。


清貴は中庭のベンチに座っている。

衣装はきちんと身につけて、その格好にはどこにも隙《すき》はないように見えた。しかし彼の目の焦点が合っていないこと、足を投げ出して自分の四肢をうまく扱えていない様子であることを、見る者はわかっただろう。

「清貴さま」

声をかけられて、清貴は薄く目を開いた。目の前に立っているのがルアンであることに気がついて、清貴は慌てる。体を起こそうとしたけれど、うまくいかずにベンチから崩れ落ちてしまった。

「清貴さま……！」

「もう、お姫さま抱っこはいやだからな」

そう言って清貴は立とうとする。その体をルアンが支えた。

「ご無理はなさいませんように」

「ルアンには、いっつも……変なところ見せてるね」

自虐的に清貴が言うと、ルアンはそっと首を横に振った。

「そのようにおっしゃるものではありません」

「でも……」

ルアンの手伝いのおかげで、清貴は転ばずに部屋に戻ることができた。ルアンは清貴を寝床に横にさせると、掛布で体をくるんでくれた。

「おやすみなさいませ」

「……うん」

清貴の体からは、ハヤットの薬の効果はまだ完全には消えていなかった。なお熱い体を持て余しながら、傍らについているルアンを見ると、なんとはなしに気恥ずかしいような、それでいて欲望の赴くままに彼に抱きつきたいような、そんな衝動に駆られた。

「清貴さま？」

「……なんでもない」

自分の衝動を抑え込み、清貴は微笑む。ルアンが心配そうな顔をしているので、彼の懸念を払いたくて清貴はますます笑顔を作った。

「なんでも、ないんだ」

「そうですか」

ルアンの口調がどこか冷ややかに感じられて、清貴はどきりとした。はっとしてルアンを見るが、しかしその表情はやはり心配に彩られていて、安堵した清貴は改めて彼の優しさを感じ取る。

「おやすみ」

清貴は目を閉じた。体はとても疲れている。きっとこのまま眠りの世界に入っていくことができるだろう。

◆

部屋に朝陽が入り込んできて、目が覚めた。清貴が体を起こすと、傍らのアザミとチロはまだ眠っていて、その平和そうな寝顔に清貴はしばし見とれた。

「おはようございます」

ドアが開いて、入ってきたのはルアンだった。昨日の夜の彼の冷ややかな表情を思い出してどきりとしたものの、こちらに歩いてくる彼の姿はいつもどおりで、昨晩のことはすべて夢だったのではないかという錯覚に囚われる。

「おはよう……」

ルアンは盆の上に、グラスを乗せて持ってきた。入っているのは湯気のあがる甘い茶だ。この国では一般的なこの茶の味は清貴も好きで、それを見るとなんとなく元気が出た。

「今日は、いい天気ですよ」

にっこりと微笑んで、ルアンは言った。

「アザミたちを庭で遊ばせてやるといいのではないでしょうか。陽射しが少し強いかもしれませんが……」

「うん、みんな喜ぶと思う」

寝床から起きあがり、ルアンに渡された茶を飲む。その甘さは寝起きの体にじんわりと沁《し》み込んで、清貴は大きく息をついた。

「ん？」

清貴は、自分を見ているルアンに目をやった。どこか心配そうな顔をしている彼に清貴は微笑みかけた。

「俺は……大丈夫だよ？」

「え？」

ルアンは、彼には珍しく間の抜けた声をあげた。清貴の言葉が意外だったのかもしれない。清貴が笑うと、今度は不思議そうな顔をした。

「いろいろあるけど、大丈夫。俺は……ここにいるしかないんだから」

「そうですね」

ルアンはそう言って、目を細めて微笑んだ。清貴がここにいることを、彼が喜んでくれている。そのことがなぜかとても嬉しくて、清貴も笑った。

そこにアザミが目を覚まし、「清貴、おはよう！」と朝からテンションが高い。その声につられたのかチロも起きてきて、清貴の部屋はいつもどおりの喧騒《けんそう》に包まれた。

部屋の前の中庭から少し移動してアザミたちと歩いていった先には、噴水があった。白い石で作られた円形の端から噴き出している水が、中央に集まって虹色に輝いている。

「お水、すっごくきれい！」

アザミは迷うことなく噴水に近寄っていった。チロは少し戸惑う様子を見せている。

「チロは、水が苦手なのか？」

「きゅるるる……」

それでもアザミが遊んでいるのに気を惹かれるらしく、しばらくすると水浴びをしているアザミと一緒に噴水で遊びだした。

「清貴もおいでよ！　水、気持ちいいよ」

「そうだなぁ……」

気持ちのいい陽射しの中、水遊びというのも悪くはないけれど、しかしアザミと一緒にびしょ濡《ぬ》れになるのはどうだろう。清貴は傍らのベンチに座り、遊んでいるふたりを見やっていた。

「あ、カヤさま！」

そう叫んだのは、アザミだった。清貴はとっさに後ろを向き、緑色の衣装に身を包んでいるカヤの姿を認めた。

「あ、……カヤ」

彼はどこか少し怒っているようだった。その表情にどきりとする。つかつかと清貴のもとまで歩いてきて、いきなり肩を摑んだカヤに驚いた。

その紫の目にじっと見つめられて、ひるんでしまう。カヤはそんな清貴をじっと見つめながら、やはり怒っている口調で口早に言った。

「おまえは、僕のものだ。ほかの誰《だれ》かに目移りするなんて、許さない」

「目移りって……」

そもそも清貴は、カヤのものなどではない。確かに一度抱かれたけれど、それだけだ。それともこの国では、一度でも情を交わした相手とは永遠を誓ったことになるのだろうか。

(だいたい、あれはカヤの無理やりだったし)

そう思ったことが、清貴の目には出ていたのかもしれない。改めて清貴を睨《にら》みつけたカヤの視線があまりに恐ろしかったので、清貴は思わず震えあがった。

そんな清貴をカヤは訝《いぶか》しげに見つめていたけれど、手を伸ばして清貴の襟首を摑み、低い声でささやいた。

「おまえは、僕のことを愛するんだ……そう心に刻んでおけ」

「愛するって……」

困惑して清貴が言うと、カヤはますます強く、清貴を睨みつけてきた。

「そんな、気持ちのことなんて……自分でどうこうできるものじゃない」

「おまえはあのとき、僕に抱かれて悦《よろこ》んでいたじゃないか……あんな姿を見せておいて、僕を愛していないとか、言わせない」

「でも……そんなこと。自分でコントロールできることじゃないって……」

しかしカヤはなおも清貴に迫った。きっと彼は恋愛経験が少ないのだろう。清貴とて多いわけではないけれど、恋心など押しつけられて芽生えるものではない。もっと心の、深い部分の動きが必要だと清貴は思うのだ。

「おまえは、僕のものだ」

顔を近づけながら、カヤは言った。

「忘れるな……僕を、愛するんだ。おまえは、そういう運命のもとにあるんだ……」

「カヤさま、カヤさま！」

そこに、緊迫感のない声が響いた。傍らを見ると、びしょびしょのアザミがしきりにカヤを呼んでいる。

「一緒に遊ぼう？　噴水、気持ちいいよ！」

アザミに抱きつかれそうになって、カヤは顔を歪《ゆが》めて彼から逃げた。アザミが大声で笑い、清貴も思わず一緒に声を立てる。

「ちっ……」

カヤは、王太子の身分に似つかわしくない舌打ちをして、去っていってしまった。その後ろ姿を見送りながら、アザミはまだ笑っている。

「お水、気持ちいいのにね」

水の中に入って遊んだアザミは、髪までがぐっしょりだ。頭の上のうさぎ耳が、水を吸ってしょんぼりしたように垂れている。

「清貴も、一緒に遊ぼうよ。びしょびしょになろう！」

「え、ちょっと待って、待って！」

アザミに手を引っ張られて、清貴は焦った。そのまま噴水にまで連れていかれ、背を押されて、見事に噴水の中に嵌《は》まってしまった。


冷えた体で部屋に戻ると、ルアンが驚いて皆を迎えた。ルアンは大きなタオルを持ってきて、アザミとチロ、そして清貴をまとめてごしごしと拭《ふ》いてくれた。

「清貴さままで、なにをしておいでですか……」

「あ、ははは」

清貴は笑って誤魔化《ごまか》した。濡れた衣服を着替え、それからは部屋の中で時間を過ごす。なにしろこの広い部屋だ、屋外での遊びに引けを取らないくらいの活動はできる。

やがて夜が来て、寝床が整えられて皆が眠りに就く。横になった清貴は、部屋を出ていくルアンの気配を感じていた。

（あんなところ、見て……ルアンはどう思っただろう。カヤとのことは、知ってるってわかってるけど……）

なにしろ事後は、ルアンの腕で部屋まで運ばれたのだ。そして彼のことだから、ハヤットとのことも知っているのではないかと思うけれど。

（それでも、ルアンがどう思ってるのか……気になる）

清貴は寝たふりをした。ルアンがいなくなったのがわかって、ほっとしたような、それでいてせつないような気持ちが湧《わ》きあがってきた。

（訊いてみる……わけにもいかないし。そんな勇気は、ない）

寝床の中で考えを巡らせているうちに、本格的な眠気がやってきた。それに身を任せながら、清貴はやはりルアンのことを考えていた。

◆

清貴に宛てて書簡が届いた。

封蠟《ふうろう》が押してあって、このような本格的なものを受け取ったのは初めてだ。清貴が目を白黒させていると、ルアンが少し首を傾げて問うてきた。

「開けないのですか？」

「いや……開ける、けど」

そう言って清貴は、ルアンを見た。彼に、持っているものを差し出した。

「俺、まだ字は読めないし。ルアン、読んでくれない？」

「かしこまりました」

ルアンは書簡を受け取って中を開く。彼の足に、アザミが縋《すが》りついている。

「お手紙？　清貴にお手紙？　誰からのお手紙？」

書簡を開いたルアンは、少し顔を曇らせた。いったいなにが書いてあるのだろう。その表情にどきどきしながら、清貴はルアンの言葉を待つ。

「王太子が……カヤさまが、地方の視察においでになるそうです」

「ふぅん？」

その文言がぴんとこなくて、清貴は首を傾げた。ルアンは少しもどかしそうに言葉を続ける。

「その視察に、清貴さまもおいでになるようにということです」

「俺が？」

思わず自分を指差して、清貴は声をあげてしまった。アザミが、ぴょんぴょんと跳ねる。ぎゅっとズボンを引っ張られて、見るとチロが清貴にしがみついていた。

「俺が視察に行くの？」

「清貴さまは、太子傅でいらっしゃいますから」

うっ、と清貴は呻く。形式上はまだ確かにそうなのだけれど。しかし地方の視察とは、今までにないずいぶんと大きな仕事ではないか。

「それ、いつって？」

「あさってには出発、と書いてあります」

「支度とか……どうすればいいの？」

「それは私の仕事ですから。その点はご心配なさらぬように」

ルアンは頼もしくそう言うが、しかし清貴は不安ばかりだ。チロがそんな清貴を慰めるように脚に体を擦りつけてきた。

「でも、視察とか……俺、役に立てるとは思えないんだけど」

「それでも、清貴さまは太子傅でいらっしゃいますから」

そのことになにも疑問を持っていないというように、ルアンは繰り返した。

「カヤさまも、清貴さまに大きな仕事をこなすことを期待してはいらっしゃらないと思いますよ」

にっこりと微笑んでルアンは言った。

「ただ、清貴さまに近くにおいでいただきたいのでしょう。カヤさまも、王太子としての大きなお仕事。慰めが必要なのだと思います」

「それはそれで……どうかと思うけどなぁ」

指先でこめかみを掻《か》きながら、清貴は言った。アザミがしきりに声をかけてくる。

「僕も視察、行きたい。どこ行くの？」

チロも服を引っ張ってくる。二方向から服を引っ張られて、清貴は戸惑った。

「チロたち……連れていってもいいのかな」

「さぁ、それは」

書簡をたたみ直しながら、ルアンは言った。

「お留守番でしたら、私がお世話申しあげます。清貴さまは、ご心配なさらぬよう」

「ルアンは来ないの？」

「私はあくまで、王宮での側人《そばびと》ですから」

礼儀正しくルアンは言った。胸の前に手を置いて、恭しく頭を下げる。

「お早いお戻りを、お待ち申しあげております」

「……うう」

そうして清貴は形式上の『太子傅』という肩書きとともに、地方視察の旅に出ることになった。

◆

チロと出会った狩りのとき、ルアンが厩《うまや》から連れてきてくれた黒い馬にまたがった。脚の先が白い、靴下を履いたような馬である。清貴のことを覚えていたのか、ぶるると鼻を鳴らすと、清貴の腕に顔を擦りつけてきた。

「清貴、馬の扱いは大丈夫？」

白に黒い斑点《はんてん》の馬に乗ったカヤが声をかけてくる。清貴は頷いた。

「どうにか、いけると思う……アスランも来るんですか？」

「私がいては、邪魔だと言うか？」

「いや、そういう意味じゃないけど……」

カヤやアスランの従者たちも合わせると、三十人ほどの大所帯である。荷物をたくさん乗せた馬もいて、地方に行くというのだから、野宿などもあるのだろうかと清貴は思った。

出発の号令がかかって、一団は王宮の敷地を出た。振り返るとルアン、アザミとチロが見送ってくれている。チロは玉兎の守護獣なのだから、離れるのは得策ではないのではないかと思ったのだけれど、同行は許されなかった。そのことに少し不安になる。

「どうしたの、清貴」

王宮の大門をくぐるとき、カヤが声をかけてきた。

「いや……チロと離れていいのかな、って」

「白炎のこと？」

前後になって馬を歩かせながら、カヤが言った。

「うん……なんだか、不安だ」

「これだけ、僕たちを守る者たちがいる。なにが不安なんだ」

「それは、そうなんだけど……」

普段は一緒にいるだけで、特になにがあるわけではない。それだけ王宮の中は安全だということだろうけれど、このたびの遠征は以前の狩りのようなわけにはいかない。視察先の土地のこともわからないし、そもそもカヤたちも、わからないから視察に行くのだろう。

馬に乗る者がほとんどだけれど、一行の中には馬車もある。王宮を出ると土の道がまっすぐに伸びていて、その両脇にもの珍しそうに一行を見やっているたくさんの一般国民らしき者たちがいた。

彼らはしきりに手を振ってきて、カヤもアスランも堂々とそれに応《こた》えている。清貴に向かって手を振る者もいて、おっかなびっくり、恐る恐る手を振ると、歓声があがった。

「玉兎……！」

どこからかそんな声が聞こえてきて、どきりとする。こちらの世界に来てからほとんど王宮から出ていない清貴だけれど、民のもとには『玉兎』の存在は知れ渡っているのだろうか。

(まだ、なにもしてない……名前ばっかりの玉兎だけど)

肩をすくめて、清貴はそう思う。だからといって人を愛する気持ちなんて無理やりにして出てくるものでもないし、そう思うと役目を果たせない自分が情けなくなる。

一行は、たくさんの人で賑《にぎ》やかだった大通りを抜けた。大通りは土を固めてある道だったが、その先に進むと馬の乗り心地が少し悪くなった。地面を見ると石や小さめの岩がごろごろしていて、整備がされていないのだと思われた。

顔をあげると、カヤは年嵩《としかさ》の男性たちに囲まれていて、馬上で話をしているようだ。その中にはアスランも混ざっていて、清貴には近づきがたい雰囲気があった。

(すっごく真面目《まじめ》な顔をしてる……やっぱりカヤは、王太子なんだな)

彼が王太子としての仕事をしているところなど、見たことがなかった。今の表情は清貴を前にしたときのものとはまったく違っていて、清貴は目をみはってしまった。

(じゃあやっぱり、俺は……そのうち、カヤを愛するようになるのかな?)

状況的にそういう気がしないわけでもないが、しかし清貴の脳裏には、彼に無理やり抱かれたときの記憶が鮮やかだ。あのようなことをする相手を愛せるのか、と自問してみると頭には「?」が浮かぶから、やはり自分の運命はわからない。

延々と石混じりの道を進んでいくと、いきなり広くひらけた場所に出た。崖《がけ》の上に出たのだ。目の前には、大きな湖が広がっている。

「すごい……きれい」

手綱を引いて馬を停《と》めた清貴が思わずそう言うと、清貴の横を進んでいた男性が微笑んで言った。

「マーヴィ湖です。ここにおいでになるのは初めてですか？」

「はい……すっごく、大きいですね」

崖から見下ろすというこのシチュエーションもすごい。清貴はしばらく湖に見とれた。

「今回の視察先は、この湖を越えたところにあるレンキルという町です」

彼はそう教えてくれる。出発前に概要は聞いていたので、清貴は頷いた。

「まだまだ、遠いんですか？」

そう尋ねると、彼は少し首を傾げた。

「そうですね……山を越えるのでそれが大変かもしれませんが、突破してしまえばすぐに目的地ですよ」

「山かぁ……」

湖の向こうを見やると、確かに緑鮮やかな山があった。あれを登って下りるというのは大変なことのように思えたけれど、教えてくれた男性がなんでもないような顔をしているので、そう難しいことではないのだろうと、清貴は自分を鼓舞した。

清貴が湖に見とれているうちにも、一行は進んでいく。清貴は慌てて馬の首を叩《たた》き、先に進むように合図する。馬は再び石混じりの道を歩き出し、少しすると道が坂になってきているのがわかった。

「これが、山か……」

馬の一歩一歩が、平坦な道よりも体に響く。清貴のこめかみにはひと筋汗が滴り、馬も呼気が荒いように感じる。

「清貴、大丈夫か」

声をかけてきたのはアスランだ。彼は汗のひとつもかかず、颯爽《さっそう》とした様子で馬を駆っている。

「大丈夫です……でも、坂は、少し辛いですね」

「辛いのはおまえじゃなくて、馬だろう」

そう言ってアスランは笑った。彼はこの旅を楽しんでいるようだ。馬の腹を蹴《け》って、先に行ってしまう。先頭に近い位置にいるカヤの脇に馬をつけ、なにか話している。

さすがに彼らを追うことはできないが、清貴は自分のペースで馬を駆っている。それで充分、一行のスピードについて行くことはできて、そうこうしているうちに道が次第に下り坂になった。

（山、越えたのかな）

顔をあげると、大きな集落が見えた。低い建物がたくさん集まっている。清貴がしきりにそちらに目をやっていると、やはり近くで馬に乗っていた男性が声をかけてきた。

「あれが、レンキルの町ですよ」

天を仰ぐと、陽は西に傾きつつある。一日にも満たない行程ではあったが、王宮からほとんど出たことのない清貴としては、ずいぶんと長旅をした気分だ。

一行の速度が少しあがったのは、ここが下り坂だからなのか、それとも皆が目的地を前に張り切っているからなのか。清貴の馬もつられるように速足になる。そしてレンキルの町が見えはじめてから二時間ほど馬に乗り続けて、ようやく町に入ることができた。

「へぇ……」

どことなく埃《ほこり》っぽく、そして暑い。王都はそうでもなかったのに、暑いと感じるのは、ここが山間《やまあい》の盆地だからだろうか。

町の長であろう、髭《ひげ》の男性がカヤたちに話しかけている。清貴は馬に乗ったままに、まわりをきょろきょろとした。

ところ狭しと建物が建っている。いずれも灰色の平屋で、屋根は藁《わら》で葺《ふ》いているようだ。王宮の豪華な建物を見慣れた目にはいささか粗末に見えるけれど、建物から出てきている民たちは色鮮やかな衣装をまとっていて、その華やかさは王宮の者たちと遜色《そんしょく》ない。

「清貴！」

カヤの声だ。呼ばれたほうを見ると、カヤがこちらに向かって手招きしている。清貴は慌てて馬をそちらに向け、カヤの隣につけると馬を降りた。

「この者が、玉兎だ」

「ほぉ……」

町長《まちおさ》は、珍しいものを見るような表情で清貴を見てくる。清貴はとっさに、頭を下げた。

「清貴といいます。あの……よろしくお願いします」

「玉兎のきみに訪ねていただけるとは、光栄の極み」

そう言って町長も、頭を下げた。

「このようなところではありますが、存分に楽しんでいただけるようにお迎えの準備をしております」

「それは嬉しいことだけれどね、町長」

そう言ったのは、カヤだ。

「楽しみは夜に置いておこう。まずはこの町での、皆の生活の状態を見せてほしい」

「かしこまりました」

町の者たちが一行の馬の手綱を取る。厩に引いていくのだろう。清貴がなんとなくその方向を見やっていると、視界にひょこりと顔を出した子供があった。

（わ、かわいい！）

赤、青、緑、黄色、とさまざまに鮮やかな衣装をまとっている。彼らの姿にアザミを思い出したが、それもそのはず、五人の子供のうち、ふたりの頭の上には犬か猫を思わせる耳がついていたのだ。

（普通の子供じゃない……犬か猫の精霊ってことかな？　ここにも、いるんだ）

清貴は彼らに向かって微笑んでみせる。すると子供たちはためらいながら、それでも足早に清貴のもとに走ってきた。

「玉兎のきみ、いらっしゃいませ！」

「ようこそ、レンキルへ！」

歓迎の言葉もそこそこに、子供は清貴に抱きついてくる。いきなりのことに思わず悲鳴をあげ、清貴は子供ともども地面に転がってしまった。

「あははははは！」

「きゃはは、ははは！」

少々背中が痛かったけれど、子供たちは楽しそうな歓声をあげる。そういうところもまさにアザミのようで、やはり無理を言ってでも彼を連れてくればよかったと清貴は思った。

清貴を取り囲む子供たちの好奇心は止まらず、さまざまな質問をされた。それに答えて、清貴のほうからもいくつか質問をしたりして、そうやってどれくらい時間が経っただろう。

「おい、殿下がお呼びだよ」

「玉兎のきみを呼んでいらっしゃる」

声が聞こえて、清貴は振り向いた。そこにいたのは初老の男性ふたりで、清貴の姿を捉《とら》えると、もの珍しそうにじろじろと見つめた。

「呼んでるんだって、行こう？」

子供たちに手を引かれ、呼ばれたほうに向かう。あたりはずいぶん暗くなっていて、思わぬ長い時間を過ごしていたのだと清貴は驚いた。

建ち並ぶ家々の間の細い道を歩いて、その先にあったひときわ大きい建物の中に清貴は連れていかれる。この建物は床がタイル張りになっていて、雰囲気が王宮に似ている。

「清貴」

奥の部屋には、王都からの一行が座っていた。床には盆が置かれていて、中身の満たされたグラスと、ドライフルーツのようなものが載せられた皿が並んでいた。一番奥にはカヤとアスランがいて、彼らの姿に清貴は、ほっと息をつく。

「どこに行ってたの？　ずいぶん長く姿を消していたね」

「あの、この子たちと一緒に遊んでて……」

子供たちはカヤたちに向かってお辞儀《じぎ》をした。カヤは鷹揚にそれに応え、それから清貴を手招いて自分の隣に「座れ」と促す。

「して、どのくらいの子供を王都に寄越せる？」

カヤがいきなりそのようなことを言ったので、清貴は驚いた。カヤの目は最初に出迎えた町長のほうを向いていて、仕事の話かと納得してその場に座り直す。

「まずは、十二歳以上の男女を十人……半年のご奉公で王都に向かわせたいと存じますが、いかがでございましょう？」

「うん、いいんじゃないか」

そう言ってカヤは、アスランを見た。眼鏡越しの目を細めた彼が頷くと、町長はほっとしたような顔をした。

「このレンキルの地は、水は豊富で耕地もある。しかしまわりを山に囲まれているがゆえ、ほかの地域との交流が難しい……」

（だって移動手段が、馬と自分の足しかないいんだもんな。電車とか自動車とか、あればいいんだろうけど）

そう思いながら、清貴はカヤとアスランを見た。彼らはこの地の重鎮らしき男たちと話していて、そこには王族の者らしい威厳が感じられた。

（こんなふたり、見たことない）

それでもアスランは、その生真面目な性格ゆえか重々しい雰囲気がしっくりとくる。しかし清貴はカヤの、真面目な姿をあまり見たことがなかった。こういう王太子という身分に相応《ふさわ》しい態度も取れるのだと、感心さえした。

（こういう一面もあるんだ……）

彼らは話を続け、清貴は聞くともなしにそれを聞いていた。やがて政治向きの話は終わり、町長が大きくぽんと手を打った。

「宴の準備だ」

まわりはざわりと雰囲気を変えた。清貴が戸惑っているうちに床の上の盆は片づけられ、代わりに現れた新しい盆にはさまざまな料理とともに透明な液体の入ったグラスが並べられている。

（水？）

しかし宴だと言っているのに、水はないだろう。清貴はそれを手に取って、くんと鼻を動かした。

「わっ」

「なんだ、清貴。まだ乾杯をしていないぞ」

アスランが厳しい目で清貴を睨みつけた。清貴は首をすくめる。

「いや、これ……水じゃないですよね？」

清貴が言うと、その場がわっと沸いた。

「玉兎のきみは、獅子《しし》の乳をご存知ではないらしい」

「王宮では、獅子の乳をお飲みにならないので？」

「そういうわけじゃないけど」

肩をすくめて、カヤが言い訳をするように言う。

「清貴は、青の星の者だから。強い酒は合わないんじゃないかって、今まで飲ませたことがなかったんだ」

「それでは、ぜひ一献」

そう言って壺《つぼ》を持った男性が、清貴の前に進んでくる。グラスの中に、壺の中身をとぽとぽと注《つ》いだ。

「わあ……っ……！」

清貴は驚いて声をあげた。グラスの中身がたちまち白く濁ったのだ。

「すごい！　いったいどうやったんですか？」

清貴の歓声に、まわりの者は皆喜んだ。

「これはジフェニの実から作られた酒です。水を入れると、白く濁るんですよ」

「それも、このレンキルの澄んだ山水でないと」

口々に言われて、清貴は好奇心を煽《あお》られる。グラスに少し口をつけてみると、唇が痺《しび》れるほどに強いアルコールを感じた。

「わ……きつい」

「これくらい、お飲みになれなければ」

「そうですぞ、このレンキルにおいでになった以上は……」

町長が乾杯の音頭を取り、宴会がはじまる。まわりは一気に砕けた雰囲気になり、その切り替えように清貴は戸惑ったくらいだ。

「玉兎のきみ、こちらもお召しあがりください」

「ぜひ、こちらも」

薄いナンのようなパンに野菜を挟んだもの、ぶつ切りの羊肉の煮込み、挽肉《ひきにく》を詰めたピーマンふうの料理など、さまざまな食べものの皿を勧められる。しかしもっとも勧められるのは獅子の乳というくだんの酒で、最初はそのアルコール度に驚いていた清貴だけれど、少しずつ飲んでいるうちに慣れてきた、ような気がする。

「ふわぁ……」

それでも胃の容量には限界がある。もう入らない、というくらいにいっぱいにされて、清貴は傍らのアスランの肩に寄りかかった。

「清貴、どうした」

「なんか……くらくらしてきた」

「大丈夫か」

うん、と答えたつもりだったけれど、それは果たしてちゃんとした言葉になっていたのかどうか。清貴はぎゅっと目を瞑《つぶ》った。そうしてそのまま意識が途切れてしまった。


あ、と自分の声で、清貴は目を見開いた。

「……あれ？」

清貴はなにか柔らかいものの上に寝かされている。あたりは薄暗くて、どこか遠くにランプが灯《とも》されているようだ。

「こ、こ……」

「目が覚めたか」

声がして驚いた。横になったまま声のしたほうを見ると、声の主は白い衣装に着替えたアスランだ。彼は膝《ひざ》を立てて座っていて、目だけを動かして清貴を見ている。

「ここ、どこですか」

「集会所の二階だ。私たちが今晩、世話になるところだ」

「あ、そうですか……」

清貴は起きあがろうとしたが、その瞬間、頭が殴られたかのように痛んだ。目の前もなんだか霞《かす》んでいるようで、よろよろとした体をアスランが支えてくれる。

「いいから、寝ておけ。酒の飲みすぎだろう」

「あ……あれ？　そんなに飲んだかなぁ」

「記憶もないのか、呆《あき》れたやつだ」

アスランは、また横になった清貴を覗《のぞ》き込んでくる。清貴は何度もまばたきをして、アスランを見つめた。

「アスランって、きれいですね」

「……は？」

いきなりの清貴の言葉に、アスランは困惑したようだ。清貴はふふふ、と酒くさい息を吐いて、笑った。

「水色の目とか、きれいだなぁ……俺の故郷では、そんな目の人、見たことないです」

「そうなのか？」

頭がくらくらする。薄暗いこともあって目の前がよく見えなくて、だからアスランの顔が近づいてくることにも、唇に柔らかいものが触れたことにも、すぐにぴんとこなかった。

「ん……？」

「清貴」

ふっと吹きかけられた吐息からも、濃い酒の匂いがした。お互い酔っ払っている、と清貴は思う。

「いいのか……？」

「はい」

アスランの言葉が、なにに対するものなのかよくわからないままに、清貴は答えた。

「いい、ですよ？」

「おまえ、本当に酔っているんだな」

呆れたようにアスランは笑い、再びくちづけてくる。キスなんて初めてではない。もっと深い、舌を絡め合わせるキスだってたくさんしてきた。

「酔ってちゃだめですか？」

「いや……構わない、が」

しかしアスランは、ためらっているようだ。いつも居丈高な口調で、どこか高みから下々を睥睨《へいげい》しているような彼が、戸惑ったり躊躇《ちゅうちょ》したりとは、意外だ。清貴は笑った。

「……笑うな」

「だって、アスランが」

そう言うと、彼は清貴の胸に手をすべらせてくる。指先が衣服の首もとにかかり、ぐっと引っ張られた。

「あ、あ……」

彼の指が乳首をかすめて、清貴は声をあげた。その部分は奇妙に敏感になっている。アスランがもうひとつの乳首を服の上から押しつぶした。すると感覚はますます鮮やかに清貴を追い立てる。

「んぁ……あ、あ……っ……」

「清貴……」

アスランが、興奮を宿した声でささやいた。清貴は目を見開き、のしかかってくる彼を見つめる。アスランは手早く清貴の衣服を剝《は》ぎ取った。

「や、ぁ……アス、ラン……」

掠《かす》れた声で清貴は呟いた。

「なに、する気……？」

「おまえは、わかっているのだろうが」

切羽詰まった調子でアスランが言った。その声がどこか怒っているように聞こえて——清貴はそんなアスランを、なんだかかわいらしく思った。

「そうだね……わかってる、かも」

清貴はゆるゆると起きあがると、上半身裸の格好でアスランに抱きつく。そして自分から、酒の味のするキスをした。

「こういうこと、したい……？　俺と」

「清貴」

今の清貴から、羞恥心というものは消えていた。アスランの唇を奪って、そのまま彼を押し倒そうとさえした――体格が違いすぎたけれど。

「あ、アスラン……」

彼の唇を奪い、舌を絡めてくちゃくちゃと音を立てる。互いの唾液《だえき》を舐めとってごくりと嚥下すると、淫らな気持ちはますます高まった。

「……清貴」

背後から声がした。清貴はゆっくりと振り返る。アスランが驚いた声をあげた。

「カヤ……！」

「カヤも、来る？」

清貴の誘いに、彼は目を細めた。清貴に近づいて、そっと背中に触れてくる。

「清貴、きみは……」

呆れたような、それでいてどこか淫らな色を孕《はら》んだ口調で、カヤは言った。

「きみの、酔い癖？　そんなことするとは、思わなかったけど？」

「うん、俺も……よく、わかんない」

そう言って、清貴はアスランに抱きついた。またくちづけをしていると、歩み寄ってきたカヤが後ろから清貴の手首を摑んで首筋にキスしてきた。

「ん、んっ！」

そこからびりびりと痺れる感覚がある。清貴が声をあげて背中を反らせると、アスランとのくちづけがほどけてしまった。

「んあ……あ……あ、っ」

カヤは清貴の腕を摑んだまま、剝き出しの背中にキスをしていく。首筋から首もと、肩、腕の付け根。肩甲骨に吸いつかれたとき、思わず大きな声があがってしまった。

「あ、あ……あ、あ……っ！」

「きみは、ここが感じるんだね」

どこかねっとりとしたいやらしさを孕むカヤの声が、耳をくすぐる。

「いや、酔っ払っているから、よけいに敏感なのかな……？」

アスランは先ほど触れた乳首を咥え、きゅっと吸う。すると体中に電流のようなものが走り、清貴は大きく身をしならせた。

「……色っぽいね」

カヤが満足そうに言った。アスランは少しぎこちない様子で乳首を吸い、指で摘む。カヤは清貴の背中に吸いつき、点々と痕を残していった。

「あ、や……っ……」

「いや、なんて……思ってないくせに」

くすくすと笑うのは、カヤだ。視線を落とすとアスランのまなざしと絡み合う。彼のどこか思い詰めたような、それでいて欲望に逆らえない目の色に、清貴は思わず満ち足りた

声をあげた。

「あ……もっと、もっと……」

そうささやくと、カヤがさらに笑う。清貴は腰を揺らして、張り詰めた欲望をアスランの下肢に押しつけた。彼の衣装に擦れて、微妙な快感が迫《せ》りあがってくる。清貴はぞくぞくと身を震わせて、彼にねだった。

「ね、触って……舐めて。俺、の……」

「清貴……」

アスランは戸惑う声をあげたが、後ろから攻めているカヤは楽しげに言う。

「してあげてよ、アスラン……。アスランだって、清貴の味、知りたいだろう？」

アスランはじっと清貴を見つめたまま、手を伸ばしてきた。清貴の欲望にそっと触れると、指を絡めて扱《しご》きあげる。

「あ、あ……あ、ああっ！」

直接的な刺激に、清貴は思わず大きな声を出してしまう。それを抑えるようにカヤが、後ろから口もとに手を押しつけてくる。

「こんな清貴を、誰かに見られるわけにはいかないでしょう？」

「ん、あ……あ、ああ、あっ……」

アスランは顔を伏せる。彼の熱い吐息が自身に絡みつく。柔らかい唇に挟まれ、きゅっと吸いあげられて、また声が洩れてしまう。

「清貴が、こういうの好きなの……わかってる、けどさ……」

「いあ、あ……あ、あ……っ」

「ふたりにされるとか……考えたこと、あった？」

アスランは、ぎこちなく口淫を施してきた。根もとまで舌を絡めて、舐めあげる。先端を吸って、尖らせた舌先を鈴口に突き込む。

「あ、あ……そ、れ……あ、あ……、っ……」

「アスランばっかり、いい目を見るのはずるいな」

カヤはそう言って、清貴の双丘の間に指をすべらせる。秘所を爪《つめ》で引っ掻くと、そこは本来の役目ではない、教え込まれた快楽を受け入れる箇所へと変わってしまう。

「カ、ヤ……っ、……そこ……は」

「ここ……僕の指、待ってるね」

無遠慮に清貴の体を暴くカヤ。アスランが密《ひそ》かな声を立てた。清貴が視線を落とすと、彼は咥え込んだ清貴自身に夢中になってしまっているようだ。後ろに受けている快楽のせいで、自身も大きく膨らんだはずだ。それを口腔で感じて、アスランも性感をくすぐられたのだろうか。

「中も……ほら、柔らかい。うねうねしてる……」

「だ、め……達く……達、く……！」

「達くってさ、アスラン」

名を呼ばれた彼は、大きく口を開ける。舌で全体を舐めあげてから先端を咥えた。そこは小刻みに震えて、限界を訴えているはずだ。

「達け、清貴……」

艶《つや》めいた声で、アスランは言った。その声音にも追い立てられて、清貴は大きく背を震わせる。後ろからカヤが肩甲骨に吸いついた。そこをきゅっと吸いあげられたのと、内壁をいじる指が大きく擦りあげてきたのと、そして自身を強く吸引されるのは同時だった。

「あ、あ……あ、あ……、っ……」

床についた膝が、がくがくと震える。カヤが後ろから抱きしめてきた。彼の腕の中で、清貴は今まで経験がないくらいの深い快楽とともに、自身を放った。

「ほら、体を起こして。アスランに抱きつくんだ」

「い、あ……あ、あ……っ……」

アスランは清貴の腰に手を伸ばし、力を込めて抱きあげた。彼の瞳が清貴の目の前で淫らに輝いていて、ふたりは自然に唇を合わせた。アスランのキスは苦い味がして、それも欲情に煽られる清貴の感覚をいや増した。

「ふふ……清貴、僕にも」

「あ、あ」

カヤは、清貴の顎に手を伸ばす。ぐっと後ろを向かされて、不自然な格好でふたりは唇を合わせせる。

「あ、あ……あ、っ……」

カヤの手がすべって、それは清貴の双丘を大きく開かせる。指を呑み込んでいるそこは、とろとろと淫液を垂れ流していた。

「ここ……欲しそうじゃない？」

カヤは呟く。アスランが「カヤ……」と、弟を窘《たしな》める声をあげた。

「挿れてもらうと清貴は悦ぶんだよ？　欲しいんだよね……清貴？」

耳もとでささやいて、カヤが濡れた秘所に自身を押しつける。いきなりの太い感覚に、清貴は大きく目を見開いた。

「や、あ……ん、んっ！」

秘所の硬い肉が、カヤを受け入れる。そこはぎちぎちと開いて、挿《はい》ってくるものを受け止めた。体の奥を埋められる圧迫感に、清貴は喘《あえ》ぐ。

「ふ、あ……あ、あ……っ……ん、ん……」

「清貴……っ……」

カヤの欲望は、ずくずくと清貴の内壁を擦って奥を辿る。敏感な襞《ひだ》を押し伸ばされ、そこに潜む感じる神経を刺激されて、清貴の体の熱はますますあがっていく。

「あ、もっと……も、っと……」

掠れた声で、カヤは「ああ」と呟く。彼はひと息にずんと突きあげて、清貴に悲鳴をあげさせた。それはさらに貪欲《どんよく》に奥に進み、清貴の目の前には星が飛びはじめる。

「は、あ……あ、っ……ん、んっ……」

清貴は、アスランの腕の中に体を預けた。抱きしめられ、耳もとにくちづけられて耳朶《じだ》を咬まれる。それにひくっと肩が反応した。後ろからそこに咬みついたのは、カヤだ。

「あ、あ……あ、ああ、っ……あ、あ！」

「清貴……」

清貴の耳を齧《かじ》りながら、アスランが呻く。彼の声には満たされない欲望の淫らな色が滲《にじ》んでいて、それにも煽られて、清貴は達した。

「いあ……あ、あ……あ、あっ……！」

「ふふ……ここ、すごく締まったよ」

嬉しそうにカヤが言う。彼は大きく腰を震わせると清貴の奥を穿《うが》って、微かに声をあげた。

「ふぁ……あ、あ……っ……」

腹の奥で、どろりとしたものが弾けたのを感じる。火傷《やけど》しそうな熱に清貴は何度も身震いして、そうして目の前のアスランの体にしがみつく。

「も、……う、もう……！」

「まだだよ」

そう言ってカヤは手を伸ばす。その手は清貴には触れず、アスランの衣装に触れた。

「なんだ……カヤ」

「アスランだって、ここ……がちがちにしてるくせに」

「さ、わるな……！」

カヤは、くすくすと笑いながらアスランのズボンの紐《ひも》を解く。視線を落とすと彼の張り詰めた欲望が目に入って、清貴はごくりと固唾《かたず》を呑む。

「これ……清貴に、挿れたいんじゃないの？　気持ちいいよ……？　狭くて、あったかくて……中は、ぬるぬるしてる」

「カ、ヤ！」

カヤは後ろから清貴の体を抱きあげる。咥え込んだカヤ自身が半分ほど抜けて、それに感じさせられて清貴は大きく震えた。

「こ、こ」

カヤは、清貴の秘所に指を突き込んだ。ぎちぎちに拡がったそこは、それ以上の拡張など無理だと思ったのに、カヤの二本の指が挿ってくる。指は思わぬ柔軟性を見せる秘所を残酷に押し開き、それに新たな愉悦を感じさせられて、清貴は大きく目を見開いた。

「ほら……もっと、欲しいよね？」

「あ、あ……アスラン……」

カヤの言葉につられるように、震える声で清貴は彼を呼ぶ。

「挿、れて……？　俺の、中に……」

「清貴……」

アスランは戸惑っているようだ。そんな彼がもどかしくて、清貴は腰を彼の勃起に押しつける。ちゅくん、と音を立ててカヤの指が引き抜かれた。そこにアスランの、どろりとした淫液をまとわせた欲望がすべり挿ってくる。

「あ、あ……あ、ああ、あっ！」

「清貴、慌てないで」

そんな彼を、カヤが笑いとともに窘めた。

「ゆっくり受け入れるんだよ……ゆっくりしないと、気持ちよくないよ？」

「あ、あ……アス、ラン……」

彼自身も、清貴の秘所を拡げながら奥へと進み、今まで触れられなかった敏感な神経をも犯していった。アスランの名を呼びながら振り返ると、カヤの紫の目と視線が合った。

すると彼は、わななくほどに艶めいたまなざしを寄越してくる。

「カヤ……」

ずん、と深いところまでアスランを受け入れる。清貴の奥では二本の熱杭《ねっくい》が重なり、それぞれにうごめきながら内壁を犯していた。その不規則な動きに苛《さいな》まれる。

「清貴」

名を呼んできたのは、どちらだったのか。清貴はつま先までを震わせて、薄くなった精液を途切れ途切れに吐き出した。

「あ、あ……あ、あ……ん、んっ……」

同時に、咥え込んだ男たちが大きくわななく。彼らは清貴に誘われたままにてんでに最奥を突き、そしてそこに粘つく熱い欲液を叩きつけた。

「うあ……あ、あ……っ……あ、ああっ……！」

ぷつり。頭の中でなにかがちぎれる音がした。清貴の全身から力が抜ける。自分の体を抱きしめてくれたのは誰なのか――それさえ認識できないまま、清貴は無我の世界に堕ちていった。

◆

あの夜に起こったことは、いったいなんだったのか。

馬に揺られながら、清貴はぼんやりと考えていた。山道を登るも下るも、一度は体験したことだ。清貴の馬は優秀で、乗っている者に負担を感じさせない。だから清貴は、考えごとをしながら騎乗していられる。

（あの日……いっぱいお酒を、飲まされて）

清貴は顔をあげた。王都に帰る一行は、数が増えている。新しい面々は主に子供で、故郷から王都に留学するらしい。あのくらいの子供ならば、まだ両親のもとにいたいだろうに。見知らぬ場所に行こうという勇気に、清貴は感服している。

（正体もなく、べろんべろんになった……気づいたら、アスランがいて。それから、カヤが来て）

馬上で清貴は、大きく身を振るった。そのあとにあったことは、断片的にしか覚えていない。アスランが、いつもの居丈高い態度からは考えられないくらいに余裕なく、おどおどしていた。カヤは後ろから抱きついてきて、清貴自身も知らない感じる場所を暴き、翻《ほん》弄《ろう》しながら清貴を抱いて——そのあと。

（うわぁぁっ！）

思わず頭を抱えそうになって、しかしここは馬上であることを思い出す。辛うじて手綱をしっかりと握りながら、清貴は王都に戻る一行を見まわした。

（アスラン……、カヤ）

彼らの姿はすぐに目に入る。その後ろ姿を見やりながら、断片的に浮かんでくる記憶を振り払う。彼らの姿を目にすると体の芯が疼《うず》くのだ。想像だにしなかった快楽の余韻が体の中を巡っていて、清貴を困惑させる。

（あんなこと……なんで、許しちゃったんだろう）

冷静になった今ではそう思うのだけれど、しかしあのときは正体なく酔っていた——そのせいだ、とすべてを片づけたいのに、ところどころとはいえ記憶は残っているのだから厄介だ。

（なによりも、俺が忘れたい……あんなこと、なかったことにしたい）

馬上で悶々としていると、並走している男性が声をかけてくる。体調でも悪いのかと訊かれて「なんでもないです」と答えるので精いっぱいだった。

レンキルを朝に出て、夕刻には王都に着いた。城下町ではまた民たちの歓迎を受け、王宮への大門をくぐる。厩では従者たちが待ち構えていて、清貴たちが降りた馬はすぐに厩に引っ張っていかれた。

「おかえりなさいませ、清貴さま」

「ああ……うん、ただいま。ルアン」

王宮を留守にしたのはそう長い間ではなかったのに、ルアンの顔を見るとほっとする。アザミとチロもついてきていて、清貴は驚くほどの大歓迎を受けた。

「清貴、おかえり！」

アザミはさみしかったと言い、言葉をしゃべらないチロも、歓迎の意を示すように清貴の脚にしがみついている。

「うん、ただいま。留守の間、いい子にしてた？」

「いつだって、いい子にしてるよ！」

「ははは、そうだな。みんな、いつもいい子だよな」

ちらりと視線をあげると、従者と話をしているカヤ、そしてアスランの姿が目に入る。もちろん彼らはいつもの平静な表情をしていて、あの夜の情交など思い出させもしないけれど、彼らの姿を見ただけで体の芯が熱を持つような気がするのだ。

「お疲れでしょう。お部屋に戻られて、ゆっくりなさったほうがよろしいでしょう」

「うん……そうだね」

ルアンはそう言って、清貴を案内してくれた。玉兎であることが判明してから与えられた大きな部屋は、王宮の中ほどにあるので厩からでは歩いていくだけでもひと苦労だ。それでも見慣れた部屋に戻ってきて、大きなクッションに身をもたせかけるとほっとする。ルアンは、湯気の立つ茶を運んできてくれた。

「ありがとう……」

アザミも清貴が疲れていることをわかっているらしく、暴れたり騒いだりはしない。やはりクッションにもたれかかって、じっと清貴を見つめている。

体は疲れているけれど、アスランとカヤの姿を見ないだけでも安堵できる。あの夜のあまりに淫らな出来事は、どうしても記憶から払拭《ふっしょく》することができない。

「清貴さま、どうなさいましたか」

「……え？」

淹《い》れてもらったお茶を手に、拭《ぬぐ》い去れない思い出に身をやつしていると、ルアンが声をかけてきた。

「なにか、お辛いことでもありましたか？」

「そういうわけじゃないんだ」

清貴は慌てて首を振った。

「辛いとか……そういうんじゃない。視察は面白かったよ」

「そうでしたら、いいのですが」

ルアンはなおも心配そうな顔をしている。清貴は懸命に笑みを作ったが、彼はその奥の、清貴の憂鬱《ゆううつ》を見抜いているとでもいうようだ。

「……清貴さまが、今の環境をおいやだと感じているのなら」

突然ルアンがそう言ったので、清貴は驚いて彼を見た。

「私が、清貴さまをお救いいたします。あなたがあなたらしく生きていける場所を、探します」

ルアンはいつも清貴のことを気にかけてくれる。それは彼が清貴の側人だからなのだろう。しかしルアンからはいつも、それ以上の気遣いを感じる。心から清貴を案じているというのが伝わってくる。

「別に、俺は」

そんなルアンの心遣いを感じながら、清貴は頷いた。

「ここにいるのが、不満じゃない……そりゃ、ここに来たのは俺の意思じゃないけど、でも俺は、ここで……やっていくつもりだから」

「そうですか」

ルアンはいつものクールな調子でそう言って、頭を下げた。その顔は真剣で、仮に清貴が連れて逃げてほしいと願えば、そうしてくれるような真摯《しんし》さに、清貴は胸に引っかかっていることがなんでもないように思えてきた。

「ルアンが、いてくれるから」

清貴が言うと、彼は少し首を傾げた。

「だから、本当に……いろいろ助かってる。いろんなことに出くわすけど、ルアンがいてくれるから、どうにかなってる」

「そう言っていただけますと、私も嬉しく思います」

胸に手を当てて、ルアンは恭しく言った。

「いつも、ありがとう」

そう言ってルアンの顔を見やると、彼の緑色の瞳がじっと清貴を見ている。そのまなざしに奇妙にどきどきするものを感じさせられて、清貴は思わず俯《うつむ》いた。

そこにアザミがやってきて「遊んで?」と言うものだから、ルアンとの会話は途切れたけれど、自分を見つめてくるルアンの目の色は、なぜかいつまでも、心の奥に残っていた。

6

朝起きると、頭が痛かった。体も重いし喉が痛い。

「風邪《かぜ》、かな……？」

「清貴、痛いの？　苦しいの？」

アザミが心配そうに覗き込んでくる。それに応える元気もないまま、清貴は寝台に身を預けていた。

「旅と、今までのお疲れが出たのでしょう」

そう言ったのは、ルアンだ。彼は濡らした布を額の上に置いてくれる。すると少しだけ頭痛がましになったような気がする。

「医薬室に言って、薬を煎《せん》じさせましょう」

「お薬、苦いよ？」

「清貴さまを、脅すものではありません」

ルアンが言うと、アザミは歓声をあげながら走っていった。清貴の体調は最悪だけれど、外はいい天気だ。遊びに行ったのだろう。残ったチロが、寝台の傍らで心配そうに清貴を見つめている。

「……俺、怪我《けが》とか治すの、できるはずなのに」

掠れた声で、清貴は言った。

「自分を治すのは、できないのかなぁ」

「たいていそういう力は、ご自分には効かないものです」

ルアンの言葉にがっかりしながら、清貴は掛布の中で寝返りを打った。それだけでも頭ががんがんして、思わず息を詰まらせる。

「苦い薬なのは仕方ありませんが……医薬室に行ってまいります」

ドアのほうに向かうルアンの背中を見た清貴は、痛いほどに胸を貫くさみしさがあるのを感じた。

「ルアン……」

そうささやくと、彼は振り返った。驚いた顔をしているのはなぜだろう。

「ルアン、行かないで」

聞いてもらえる願いだとは思わなかったのに、ルアンは清貴のほうに歩み寄ってきた。彼の緑色の瞳が、清貴を見つめている。彼は清貴の額に手を置いて、そして顔を近づけてきた。

「……あ？」

唇に柔らかいものが触れる。そっと重ねるだけのキスをされる。

「ん……あ」

優しいキスに、清貴は混乱した。ルアンはしばらくそうやって清貴の唇を味わっていたけれど、ややあって唇を離した。胸が高鳴るほどの近くで、じっと清貴の顔を覗き込んでいる。

「……失礼いたしました」

小さな声でそう言って、ルアンは背筋を正した。そのまま部屋を出ていってしまい、清貴は呆然《ぼうぜん》とその場に残された。

「ルアン……？」

心臓はどきどきと激しい鼓動を打っている。それは、決して発熱のせいばかりではないはずだ。

（ルアンが……あんな、こと）

重ねるだけの淡いキスだったけれど、その印象は濃く、清貴の脳裏に残った。ルアンにキスされるとは思わなかった——彼は有能な側人で、それ以上の存在だと考えたことはなかったのに。そのはずだったのに。

（ルアン……、ルアン）

頭の中に彼の名前がぐるぐるまわる。病気のせいもあったが、それ以上に今まで考えもしなかった衝撃のせいだ。

（どういうこと……いったい）

動揺は、彼が薬を持って戻ってきても続いていた。薬を飲むために起きあがるとき背に触れられて、それを意識してしまうくらいに、清貴にとってのルアンは今までとは違う存在になった。


一日中、寝たり起きたりを繰り返し、夕方になって訪問者があった。

「病気になったたって聞いたけど」

「ハヤット……」

現れたのはハヤットだ。彼を見ると思わず体が強張《こわば》ってしまう。夜の中庭で抱かれたことが、まだ記憶から消えていないからだ。

「そんな顔しないで。襲いたくなるだろう？」

「……そういう冗談、やめてください」

寝床の中で、清貴はハヤットに背を向けた。彼は笑いながら清貴に近づいてくると、目の前に手を差し出した。

「なに……」

「体調不良に効く薬だよ」

ハヤットの手のひらに乗っているのは、緑色の錠剤だった。見るからに不気味ではあったが、どんなものであれハヤットの薬がよく効くことは、清貴は身を以《もっ》て知っている。

「すぐに、元気になれると思うけど」

「ありがとうございます……」

清貴は薬を受け取り、少したらめった。しかしルアンに目を向けると彼がグラスに水を注いでくれたので、それで薬をごくりと飲んだ。

「素直に飲んでくれるんだ、嬉しいな」

「あなたの、薬だけはよく効きますから」

皮肉を込めてそう言ったのだけれど、ハヤットには通じただろうか。彼は少しレンキルでの話を聞いて、間もなく出ていった。清貴は息をついて、寝床の中でごそごそとした。

「少しは元気になられましたか？」

「そんなにすぐは効かないよ」

ルアンの質問に、清貴は笑って答えた。しかしルアンは、真面目な顔をしたまま首を振る。

「朝と比べて、です。顔色は少しましになったようにお見受けしますが」

「うん、朝よりは元気になったよ」

清貴は目を閉じる。今朝《けさ》のキスはなんだったのか、尋ねてみたい――そんな思いを隠すためにだ。ルアンとの関係がおかしくなることを、清貴は望んではいない。できればあのキスはなかったことにして、今までどおり、ルアンと付き合いたいと願っている。

（ルアンは、どう思ってるのかな……）

ルアンの横顔を見ながらそのようなことを考えていると、やがて清貴は眠ってしまい、目が覚めたときはもう夕暮れどきだった。

◆

医薬室の薬の効果か、ハヤットのくれた薬のおかげか、それとも清貴自身の治癒能力ゆえか。

寝込むのは一日で済んだ。その日の清貴は、昼間の王宮の回廊を歩いていた。両脇にはアザミとチロ。後ろにはルアンが控えている。清貴は王宮の図書館に向かっていた。

「清貴、ご本読むの？　すごいね」

アザミは、はしゃぎながら声をあげる。うん、と清貴は頷いた。

「あんまり真面目にやってないけど……一応、ときどき先生が来て、ここの字を教えてくれるじゃないか」

清貴がそう言うと、アザミは居心地悪そうな顔をした。そういうとき、彼は中庭に逃げてしまうのだ。

「だから、自分でもちょっと勉強しようかなって」

「すごいね、お勉強するんだね」

一行は賑やかに回廊を行く。そこに、ばたばたと荒々しい足音がした。

清貴は足を止め、振り返った。こちらに向かって走ってきているのは革鎧《かわよろい》を身につけた衛兵たちで、その物々しい姿にいやな予感がした。

「なに……?」

「ルアン・ファジル!」

衛兵が声をあげ、清貴はどきりとした。ゆっくりと振り返ったルアンの睥睨するような視線に、衛兵たちはたじろいだようだったが、懐から縄を出すと素早くルアンの両腕を拘束した。

「なに……いきなり、なんなんだよ!」

「ルアン・ファジルには、嫌疑がかかっている」

「なんの嫌疑!?」

清貴は叫び、アザミもチロも大騒ぎをはじめている。しかし衛兵たちはそのようなことを気にした様子もなく、ルアンを引っ立てていこうとする。

「ちょっと待って、ルアン……おとなしくついていくの⁉」

ルアンは少し目を眇《すが》めただけだった。まるで自分への嫌疑に心当たりがあるとでもいうようだ。

「やめてよ、ルアンは……ただの、俺の側人だ。こんなことされる道理はない！」

しかし衛兵は、自分の仕事をこなすことしか考えていないようだ。彼らはルアンを引っ立てて、足早に回廊を曲がっていってしまった。

「怖い人、いっぱいだった。怖かった……！」

今にも泣き出しそうなアザミの背を撫でてやりながら、清貴はルアンが消えた方向を睨みつけていた。

（ルアンが……いったい、なにをしたっていうんだ）

最初は驚きと困惑、そして今の清貴の胸中では、事情を説明もせずに縄に引かれていったルアンへの怒りがふつふつと湧きあがる。清貴は図書館に行こうとしていた足を逆に向けて、アスランがいるはずである執務の間に駆けていった。

執務の間には、たくさんの人たちがいる。彼らを押しのけ、清貴はカヤの前に立った。磨かれた黒い石でできた執務机に、カヤが向かっている。その傍らにはアスランがいて、「どうした」とでも言いたげな表情をしていた。

「カヤ……！」

カヤが執務の間にいるとは思わなかった。しかし都合がいい。執務机に手を叩きつけて、清貴は声をあげる。

「突然ルアンが連れていかれたんだ。縄で、両手を縛られて！」

しかしカヤもアスランも、平静な表情で清貴を見ている。口を開いたのは、アスランだった。

「ルアン・ファジルは、玉兎を暗殺しようとしている意図がある。それが発覚したことから、逮捕された」

「玉兎……って、俺⁉」

思わず胸に手を置く。

「ルアンは、そんなことで逮捕されたっていうの？　俺は、ルアンにひどいことされたことなんか、ない」

「清貴。おまえには気づかれないように、ルアンは行動していたんだ」

そう言ったのは、カヤだ。彼はどことなく、退屈そうな表情で清貴の顔を見つめている。

「暗殺なんて……玉兎を殺して、ルアンになんの得があるの⁉」

「それを、これから尋問する」

でも、と清貴はなおも声をあげた。

「でも、ルアンは……ルアンは、俺に優しくしてくれてる。殺そうだなんて思ってたら、面倒なんか見てくれない……ルアンは、そんな人じゃない！」

声を荒らげる清貴を、アスランが手をかざして制した。

「そのような人物かどうか、今から調べるというのだ」

「だって……ルアン、は」

清貴は床にへなへなと座り込んだ。カヤが手を差し出してくれる。しかしそれには応じずに、清貴はなおも絨毯《じゅうたん》の上に座り込んでいる。

「誰か、玉兎のきみを部屋まで案内してやってくれ」

アスランが手を打つと、部屋に控えていた屈強な男たちが清貴のもとに近づいてきた。彼らの力に抵抗できるはずはなく、清貴は引きずられるように執務の間を出た。

「ねえ、ルアンは今、どこにいるの？」

「地下牢《ちかろう》でしょう。罪人はすべて、そこにつながれています」

その言葉に、清貴はぶるりと身震いした。腕を抱えている男たちに腕力で敵《かな》うわけもなく、清貴は彼らに従うしかなかった。

部屋に戻ると、執務の間に入れてもらえなかったアザミとチロがいた。清貴を待ち構えていたようだ。

「ルアンに、なにがあったの？」

立て続けに質問されるが、清貴はルアンへの容疑があまりにショックで、それをまともに説明できない。

「……王宮の地下牢って、どこにあるの？」

清貴に訊かれ、アザミは頬を引きつらせた。

「王宮の、北の奥……誰も近寄らない、湿っぽいところ。場所は知ってるけど……」

アザミの言葉の歯切れが悪くなった。それにいやな予感を呼び起こされて、清貴は再び立ちあがった。

「どこ行くの？」

「地下牢だよ。ルアンのところに行くんだ」

「ええっ、地下牢に？」

アザミが乗り気でない。いつでも大袈裟《おおげさ》なほどにはしゃいでいる彼の意気消沈した様子に、清貴の心配はますます大きくなった。

「なぁ、そばまで連れていってくれるだけでいいんだ。怖い思いはさせないから」

アザミは不承不承、清貴を案内してくれた。一緒にチロも清貴の後ろをついてくる。大きな王宮の深い部分に行くにつれて壁や天井の装飾はなくなり、ただ石を積みあげただけのそっけない建物になる。頑丈そうなところだけが取り柄だ。そろそろ歩くのにも疲れてきたと感じたところで、地下に下りる階段が目に入った。

「この奥が、地下牢だよ」

震える声で、アザミが言った。

「僕はこれ以上、ついていかないから。チロは、ついていくの？」

「きゅるるるる」

残念ながら、清貴はチロの言葉はわからないのだ。肯定なのか否定なのか判別しかねたまま、清貴は階段を下りていった。

ドアノブが少し錆《さ》びついていることに、地下牢の環境を想像させる。清貴は身を振るってから中に入った。

「わっ！」

いきなり人とぶつかりそうになって、清貴は声をあげた。それは見あげるばかりの大きな男で、革でできた鎧をまとい手には棍棒《こんぼう》を持っている。清貴はたじろいだ。

「何者だ」

「お、俺は……」

男はきっと牢の門番だ。その証《あかし》に腰からはじゃらじゃらと鳴る鍵《かぎ》の束をつけているし、目つきは一見するだに恐ろしい。

「俺は、玉兎です」

清貴は少し迷って、そう言った。清貴という個人がルアンを訪ねても、追い払われるだけかもしれない。しかし玉兎の名を出せば、通してくれるのではないかと思ったのだ。

「玉兎のきみでいらっしゃいましたか！」

門番は驚いて、目を丸くした。

「このようなところに……どういった用件で？」

「俺の側人が、無実なのに捕まったんだ」

頷く門番に少しもどかしい思いをしながら、清貴は言った。

「だから、見舞いに来たんだ。元気にやってるかな、って……」

門番は笑った。

「この地下牢に入って、元気な者など、ありませんが」

門番はルアンがどこにいるかわかっているようで、清貴についてくるようにと手招きすると、じめじめとした地下牢の廊下を歩いていく。長い廊下の両側は、鉄格子の嵌まった檻《おり》になっている。手前からふたつめの鉄格子の前で、門番は止まった。

「おい、ルアン。玉兎のきみがおまえに面会したいと」

地下牢の中は暗い。だから牢の奥に座り込んでいる人物が何者なのか、すぐにはわかりかねた。

彼は、うっそりと振り返った。ルアンだ。まとっている破れた衣が、ひどく痛々しい。

「清貴さま……どうして、ここに」

「心配してに、決まってるだろう？　ひどい扱い、されてるんじゃないの？」

ルアンが少し身をよじった。やはり破れた衣の背には、いくつもの大きなみみず腫《ば》れのような痕がある。

「なに……その、怪我」

「白状させるために、鞭《むち》で殴るのですよ」

なんということもない、というように門番は言った。見るからに大きな傷だし、それが痛まないわけがないだろう。

「ルアン、こっちに来て。背中、向けて」

鉄格子の間に手を突き入れて、清貴は言う。ルアンは警戒するように、それでもゆっくりと清貴に近づいてくる。

「ほら。……痛くなくなった？」

「……はい。おさすがでございます」

清貴が手をかざすと、ルアンの背の傷がみるみるうちに消えていく。門番が驚いた声をあげた。

「服までは、直せないんだ。ごめんね」

「そんな……このようなところに訪ねてきてくださって、それだけで充分です」

ルアンは顔を伏せ、唇を噛《か》んだ。泣いているのかもしれない、と清貴は思った。

「俺が……ルアンを助ける。無実なのにこんな目に遭わされるなんて、あんまりだよ」

「そのお気持ちだけで、私はこの先も耐えることができます」

「気持ちだけじゃなくて、もっとだよ……こんなところにいちゃだめだ……俺が、助ける」

清貴が言うと、ルアンは薄く微笑んだ。その表情は、まるでなにもかもを諦《あきら》めきっている者のようで、清貴はそのことが一番恐ろしかった。

門番に急《せ》かされ、清貴はしぶしぶ地下牢から出た。明るい地上にあがって、改めて地下牢につながれている残酷さを恐ろしく思う。

「チロ、一緒に帰ろう？」

チロの手を取ると、今度は嬉しそうに鳴く。長い回廊をまた歩かなくてはならないが、行きはアザミに案内してもらったものの、今は彼はいない。右に曲がったか、左に曲がったか。ふたりでうろうろとしていると、遠目にとりどりの色の衣装をまとった男たちの集団があった。

（あ、あの人……）

そのうちの何人かは、顔に見覚えがあった。先ほど執務の間にいた大臣たちだ。ルアンが捕まったことに、満足そうな顔をしていた者たちだ。

彼らは忙しそうに、なにかを話しながら歩いてくる。とっさに清貴は脇にあった部屋のドアを開ける。中には誰もおらず、清貴はチロと一緒にそこに隠れた。ドアを少し開けて、前を歩いていく大臣たちの話を聞こうとした。

最初聞こえてきたのは、清貴にはよくわからない話ばかりだった。盗み聴きをしたところで、ルアンを助ける案が浮かぶわけではない。清貴はいささかがっかりしながら、なおも大臣たちの話を聞いていた。

「まったく、あの玉兎は……」

その言葉に、どきりとした。胸がどきどきと鳴りはじめる。

「カヤさまを選べばいいのに。青の星の者は、ああやって人を焦らすのが好きなのか」

「玉兎など、いなくなればまた新しい玉兎が生まれる……」

「あの側人は、誠に邪魔だからな」

ひとりが、ごほんと咳払《せきばら》いをする。

「まずは、側人を……そして、あの玉兎を」

「されば、カヤさまも王になられて……満足されるはずだ」

彼らはなおも、話しながら回廊を歩いていく。彼らの足音が消えてしまって、そこでやっと清貴は息をついた。チロがそんな清貴の背中を撫でてくれた。

「あ、ありがとう……」

そっと空き部屋から出て、あたりを見まわす。自室にはどう行っていいのか見当もつかなかったけれど、歩けばどこなりと知った場所に着くだろう。清貴はチロと手をつなぎながら歩いた。その間にも、大臣たちの言葉が耳の奥から離れない。

「あいつらは、カヤを王にしたいんだ」

チロに言うと、返事はないものの彼はこくりと頷いた。

「でも俺がカヤを選ばないから……焦れて俺を、そしてルアンを殺そうとしてるんだ」

改めてそのことを思うと、ぞくりとした。命を狙《ねら》われている――それはあまりにも恐ろしくて、清貴は震えて、ごくりと唾《つば》を呑む。

「きゅるるる……」

チロが声をかけてくる。慰めるようなその声音に、清貴は微笑んで頷いた。

「俺は、おまえが守ってくれるもんな？　だからまさか……死にはしないだろうけど」

しかしルアンは、すでに牢に入れられている。大臣たちの思うがまま、ことは進んでいるのだろう。

迫りあがる不安に、清貴はチロの手をぎゅっと握った。チロも握り返してきてくれる。それに少しだけ安堵した。

「あ」

回廊の先に人影が見える。清貴は警戒したけれど、それがハヤットだとわかってほっとした。相変わらず、神出鬼没な人物だ。

（いや、ほっとしてちゃだめなんだけど）

柱に寄りかかったハヤットの前まで行き、清貴はぺこりとお辞儀をした。

「どこに行くの？」

「え……部屋に帰ろうと思って」

「きみの部屋はあっちだよ」

ハヤットは、正反対の方向を指差した。清貴は思わずため息をつく。

「地下牢に行ってきたの？」

「はい……ルアンが、今捕まってしまってるから……」

「ああ、きみの側人ね」

言って、ハヤットは歩きだす。その方向が、先ほど彼が指し示したほうだったから、案内してくれるのかと清貴は彼についていった。

「ルアンのことは……そして、きみもね。どうにかならないか、俺も考えてるんだけど」

「でも、あのままじゃ……ルアンが死んじゃう」

ハヤットは目を眇めて清貴を見た。

「なんとしてでもあそこから出さないと。鞭で打たれてたんですよ!?　あんな、こと……」

「ふぅん」

ハヤットは、そんな清貴を観察するような顔をしている。そのことがとてももどかしくて、清貴は足を踏み鳴らした。

「ハヤット、なにか案はない？　ハヤットなら、牢抜けとか……詳しそう」

「俺をなんだと思ってるんだ」

呆れたように、ハヤットは笑った。

「俺だって、大臣たちの意向には逆らえないよ。だからこそ、王になりたいんだからね」

「そっか……」

彼もまた清貴を抱き、清貴の愛を欲しがったひとりだ。それを思うと、迂闊《うかつ》に近づいてはいけないと思うのだが。

(でも、ルアンが……このままじゃ、ルアンが！)

悶々とする清貴を、ハヤットは黙って見つめている。しばらく歩いていくと見慣れた場所に出た。安堵する清貴に、ハヤットは言った。

「今夜、日付が変わってから……また、地下牢にお行き。夜の時間なら、なにかきっと不思議なことが起こるだろう」

「不思議なこと……？」

清貴は首を傾げる。ハヤットは手をあげて、ひらひらと振った。彼の後ろ姿を見送りながら、清貴は「不思議なこと？」と繰り返した。

アザミはいやがったけれど、一回しか行っていない地下牢への道には自信がない。清貴は、アザミに向かって手を合わせた。

「アザミだって、ルアンのことが心配だろう?」

「そりゃ、そうだけど。でも、あそこ怖いもん」

「ルアンは、その怖いところにいるんだぞ? かわいそうだとは思わないのか」

清貴が言うとアザミは黙った。清貴を窺《うかが》いながら、小さな声で言う。

「……もう一回だけだよ?」

「うん、あと一回だけ!」

いつもは寝る時間だと言ってやってくるルアンがいない。そんなことにも彼の不在を感じてせつなくなる。アザミに手を取られ、後ろからチロがついてくるという一団は、そっと部屋を出て、広い回廊を歩きはじめた。

「ここ、曲がるんだったっけ?」

「そうだよ、曲がったら、まっすぐ」

昼間ならすれ違う者も多い回廊だけれど、夜にはすっかり様相が変わる。壁には等間隔で燭台《しょくだい》が吊《つ》ってあり、その心許《こころもと》ない灯《あか》りを頼りに、一行は歩いた。

「あ、この奥だよね? この奥に行ったら、階段があって……」

「そう。清貴、覚えてるじゃない」

アザミに褒められて、思わず胸を反らせようとし、しかしそれどころではないことを思い出す。

「僕、もう帰るから。お部屋で待ってるね！」

アザミはこのような場所にはいたくない、とばかりに早足で走っていってしまった。清貴はチロと目を見合わせ、ふたりで階段を下りていく。

（ハヤットの言ってた、不思議なことってなんだろう）

そのようなことを考えながら、清貴はドアを開ける。あの大きな体をした門番が出てくるかと思ったけれど、清貴を迎えたのは痛いほどの沈黙だけだった。

「いない？」

「きゅるるる」

チロが、入ってすぐの部屋を指差している。覗き込むとそこは門番の控え室らしく、テーブルと椅子《いす》が置いてある。そしてあの門番は、机に突っ伏して眠っているのだ。

「寝てる……？」

その腰には、鍵がたくさんついた輪が通してある。そのうちのどれかはわからないけれど、ルアンの閉じ込められている牢の鍵もあるだろう。

「失礼します……」

門番は深く寝入っているようだ。腰につけた輪に手を伸ばし継ぎ目を引っ張ると、かちんと外れた。

「わっ、取れた」

思わず声をあげたけれど、それでも門番は眠っている。これほどに熟睡する時間にはまだ早いし、あたりには酒なども見当たらない。

しかしそんな門番も、いつ起きるかしれない。清貴は鍵束を握りしめて、地下牢の奥へと進む。

「ルアン、ルアン！」

そっと声をかけると、彼は振り向いた。昼間と同じ、ぼろぼろになった衣服を着ている。

「鍵、ここにあるから。どれが合うか調べるから、ちょっと待ってて！」

「清貴さま、そんな……」

ルアンは驚いているようだったが、今は時間が惜しい。たくさんの鍵をひとつひとつ試して、どれも合わないと癇癪《かんしゃく》を起こしそうになった。

「あ！」

十本目の鍵を鍵穴に差し込むと、かちんと音がして、錠が外れた。

「開いたよ、出て！」

「し、かし……」

ルアンは戸惑っている。清貴の差し出した手を、取ろうとしない。

「私は、国からの命令でここにいるのです。勝手に出るなど、そんな」

「でもここにいたら、また鞭で打たれるよ？　殺されちゃうかも……それでもいいの？」

そう言って清貴は、ルアンの手を取った。

「それは、俺がいやだ。俺が、ルアンが傷つくのがいや……ルアンは、俺と一緒にいなくちゃだめだ！」

彼の手をぎゅっと握りしめ引っ張ると、ルアンは抵抗せずについてきた。清貴は鍵の束を門番の突っ伏しているテーブルの上に置き、それからルアンと一緒に階段をあがった。

「着替え、しないと」

ルアンの格好を見て、清貴は言った。ルアンは頷きながら顔をあげ、はっとした表情を見せる。

「ハヤットさま」

傍らの柱にもたれかかっているのは、ハヤットだ。にやにやしながらこちらを見ている。

(門番が、ぐっすり寝てた)

彼の顔を見つめながら、清貴は考えた。

(ハヤットは、薬を扱うのが得意だ。門番にも……薬を盛って、眠らせた？)

「……あの」

しかし清貴がそのことを質《ただ》そうとする前に、ハヤットは裾を翻して去っていってしまった。ルアンとふたり、顔を見合わせる。

(ハヤット……協力してくれたのかな)

ルアンが先を行こうとしたので、清貴は反射的に彼の上衣の裾を握った。引っ張られてルアンは、はっとした顔をする。

「行かないで。せっかく出てこられたのに……一緒に、いて」

「わかりました」

なにを言うか、と窘められると思ったのに、ルアンは頷いた。チロに向かって微笑む。

「部屋に帰っておきなさい。私たちも、すぐに戻ります」

チロは不安そうな顔をしたけれど、清貴が頷くと背中を見せ、清貴の部屋のほうに駆けていく。それを見送りながらルアンは清貴の手をぎゅっと摑んだのだ。

「あなたに、命を助けられましたね……それでいてあなたは、人の気持ちをまったくわかっていない」

彼の言葉に驚いて、清貴は首を傾げた。ルアンは清貴の手を引き、歩き出す。

「ここ……どこ?」

「使用人の部屋は、こちらにあります。私の部屋も」

見知らぬところを歩かされ、清貴は少し不安になった。ここでルアンが姿を消せば、清貴は完全に迷子だ。恐る恐る、それでもルアンに手を引かれるがままに、清貴は夜の回廊を歩いた。

あたりには誰もいない。ルアンは手慣れた様子でひとつのドアを開け、清貴を中へと導いた。

「ここが、ルアンの部屋？」

「ええ」

暗いのでよくわからないが、こぢんまりとした部屋のようだ。奥にはベッドが、手前にはクローゼットが、そして小さな机がある。いきなりぽっと灯りがついて、清貴は驚いた。振り返ると、ルアンがランプを机の上に置いていた。

「あ、着替え……」

「ええ」

低い声でそう言ったルアンは、ベッドに座った。呼ばれているように感じて、清貴も彼の隣に座る。ぎしっとベッドが軋《きし》む音を立てた。

「清貴さま、ありがとうございました」

そう言って、ルアンは頭を下げる。清貴は慌てて両手を振った。

「俺は、なにもしてない……お礼なら、ハヤットに」

「そうですね、ハヤットさまには、改めてお礼に伺いましょう」

ルアンは清貴を見つめる。澄んだ緑の視線は、見つめられるとどこか落ち着かない。清貴は目を逸らせようとしたが、腰に手を伸ばされた。ぎゅっと抱き寄せられる。

「ル、ルアン？」

「あなたが来てくださって、どれだけ心強かったか」

ぽつりと、小さくルアンは言った。

「あなたが、この世界に来てくださって……私は、どれほど嬉しかったか」

「ルアン？」

それは、地下牢から彼を連れ出したことを言っているのだろうか。それとも、清貴がこの金の星にやってきたことを言っているのだろうか。

「私は、ずっとあなたを……清貴さま」

そう言って彼は、力を込めて清貴の腰を引き寄せた。清貴はベッドの上で仰向けになってしまい、ルアンはその上にのしかかってきた。

「ル、アン」

「愛しています、清貴さま」

甘い声で、彼はささやいた。どきり、と清貴の胸が大きく跳ねる。

「愛している……ずっと、愛してきた。私は、あなたのものです。死ぬまで……死んでも、それは変わりません」

どく、どく、と胸が大きく鳴る。大きく目を見開いた清貴にルアンは微笑みかけて、そしてそっと唇を寄せてきた。

「あ、あ……」

キスされる。ルアンとキスをするのは、初めてではない。以前寝込んだとき、彼は唇を与えてくれた。そのとき胸に満ちた甘い想い――それが蘇《よみがえ》って、清貴は手を伸ばす。ルアンの背に腕を添えて、もっととねだる心を伝えようとした。

「ふふ……」

ルアンは、小さく笑った。

「まるで……あなたも、私を愛しているようではありませんか」

「だ、って……」

唇を重ね合いながら、清貴は小さく呟いた。

「ルアン、だから」

「私だから？」

どこか意地悪く、ルアンは言った。清貴は彼の唇を吸い、軽く咬んで抗議の意を示した。

「ルアンが、いい」

この星に来てから幾人もの男に抱かれたけれど、ルアンに押し倒されているこの状況ほど、満たされた思いを味わったことはない。もっとキスして、もっと抱きしめて――ルアン自身を感じたい。深い場所まで、埋めてほしい。

「ルアンにされるのが、いいんだ……」

そう言って目を瞑ると、キスが深くなった。濡れたところを重ね合わせ、ちゅっと音を立てて吸われる。腰がひくんと跳ねると、ルアンはくすくすと笑った。

「感じてくださっている」

「だ、あ……っ、て」

ルアンを抱きしめる腕に力を込めて、また彼の唇を吸った。すると舌が入り込んできて、唇を舐められる。ぴちゃぴちゃと音を立てて、ふたりの舌が絡む。

「あ……あ、っ……」

「くちづけだけで、そのような声が出るのですね」

ため息をつきながら、ルアンは言った。

「まだ、なにもしていないのに……」

「キス、してる」

掠れた声で、清貴は言った。

「ルアンと、キスしてる……」

「ああ、そうですね」

彼は笑って、清貴の頭を撫でた。それすらも気持ちよくて、清貴は甘える声をあげた。

なおも唇を舐められ舌を絡め合い、そうしながらルアンは清貴の衣服を脱がせた。首から抜いて腕をくぐらせ、上半身が裸になる。ルアンは清貴を見つめながら体を起こし、自分も破れた上衣を脱いだ。

「あ……っ……」

そういえば、こうやって男の裸を見るのは初めてだ。引き締まった胸筋、筋肉の形が見て取れる腹。じっと見つめていると、ルアンは笑った。

「なにを見ていらっしゃるのですか？」

「ルアンって、いい体してる」

「ありがとうございます」

笑いながら彼は言って、ズボンも脱いだ。彼が全裸になるのを見つめていた清貴は、ルアンの手が伸びて自分もズボンを脱がされ、焦燥した。

「自分で脱げる……！」

「こうやって脱がせて差しあげるのも、楽しいのですよ」

ルアンの笑いとともに、ふたりはなにひとつまとわない格好になった。そのまま抱き合っていると、素肌が触れ合う感覚がたまらなく心地いい。

「気持ちいい……」

「そうですね。私もです」

ふたりは改めてキスをして、互いの唇を舐め合い、舌を絡めた。ルアンの手は清貴の肌をなぞる。肩に少し爪をかけられたとき、清貴は大きく腰を跳ねさせてしまい、ルアンがそっと息を吐いた。

「ここ……感じますか？」

「か、んじる……」

そのようなところが感じるとは、なんとも恥ずかしい。しかしルアンは悦ぶようにそこを何度も撫で、爪を立てて清貴を追いあげる。

「あなたの、どこが感じるのか……探させてください」

「あ、あ……っ」

ルアンは清貴の体をなぞりはじめる。二の腕を、肘を、前腕を、手の甲を。手に指を絡められて手のひらを辿られる。そのたびにぞくっと反応してしまう自分の体を恥ずかしく思う。

「ルアン……そ、んな……の」

清貴は体をひねって、逃げようとした。

「なぜですか？　あなたのことを、なにもかも知りたいのに……」

「あ、ああっ」

ルアンの手が清貴の体の中心に触れた。そこはすっかり勃ちあがっていて、指を絡められるだけでどくりと熱いものが流れ込む。

「私で、感じてくださっている」

満たされたように、ルアンが息をついた。彼はまた手をつないできて、きゅっと指が絡み合うのが思いもしない感覚を生んだ。

「もっと……あなたのことを、教えて」

ルアンは体を起こす。彼の舌は頬を、顎を、首筋を、そして喉仏を舐める。舌のざらついた感覚がたまらなくて、清貴は喘いだ。

「ここも……ここも」

肩に咬みつかれて、歯の痕に舌を這わせられる。それだけで達ってしまいそうなくらいに感じて、清貴は身をよじった。

「ここは？　ここは……感じますか？」

「や、ぁ……そんな、ところ……」

肘を咬まれてまた舐められて、前腕にすっと舌をすべらされる。手の甲を舐められ、指の間をも舌で刺激された。

「だめ……あ、あ……だめ……」

「こういうところも、感じるのですね」

ルアンは満足したように、そう言った。清貴の手を取りあげて、指の一本一本を丁寧に舐める。そのようなことをされるとは思わなくて、清貴は感じるとともに困惑していた。

「そ、んな……場所」

「ふふ……感じているあなたを見せていただくだけで、私は満たされます」

「や、ぁ……ん、ん……」

彼は手の甲に音の立つキスをする。そして目を眇めて清貴の欲望に唇をつけた。

「そ、こ……急に……あ、あ……っ！」

「もう、こんなに硬くなって」

自身を指先でつつかれる。爪を立てて引っかかれる。指を絡めて扱かれると、今まで感じたことのない情感があって、清貴はひくひくと腰を震わせる。

「達きますか？」

ルアンの舌は先端を舐める。咥えて吸って、彼の口にとろとろとした先走りが流れ込んでいく。

「……美味ですね」

彼は、こくりと喉を鳴らした。彼が自分の淫液を飲み込んだのかと思うと恥ずかしくて、同時にもっとねだりたい気持ちが湧いてくる。

「こちらも、ほら……ひくひくして」

「あ、あ……んんっ……」

蜜嚢《みつのう》に触れられ、形をなぞって舌を這わせられる。同時に彼の指は両脚の間に這い、双丘を割って秘所に触れると、爪の先を突き込んできた。

「いあ、あ……あ、ああっ」

「脚……開いて」

言ってから、ルアンは清貴の内腿《うちもも》を舐めあげる。感じるところを同時に刺激されて、清貴は混乱していた。ルアンの手は内腿から膝へ、向こう脛《ずね》へ、そして足をとらえてつま先を口に含んだ。

「や、あ……あ、ああっ！」

足を愛撫《あいぶ》されるなんて、思ってもみなかった。親指の先を咥えられ、きゅっと吸われると刺激は自身にも響いた。

「ここも……感じるんですね。感じているあなたの顔は、とてもいい……」

「ひぁ……あ、ああん、っ」

後ろを指で解かれながら、足先を舐められる。足の指の間まで舌を這わされて、まるで清貴の体の隅々までを知ろうとするようなルアンの愛撫に、ぞくぞくとした悪寒が走りはじめた。

「清貴さま……、清貴さま」

熱に浮かされたように、ルアンは名を呼ぶ。今の彼の動きは、すべて清貴に快楽を与えるためにあって、そのことに奇妙な優越感が生まれる。もっともっと触れてほしい。この身を愛《め》でてほしい。そんな気持ちを伝えたいのに、しかし清貴の口から洩れるのは喘ぎ声ばかりだ。

「は、あ……あ、ああっ！」

後孔に突き込まれた指は、ゆっくりと中に挿っていく。指先が中の柔らかい部分に触れて、清貴は大きく腰を跳ねさせた。

「だめ……そこ。そ、こ……だめ……達く、から」

「ここが、気持ちいいのですか？」

清貴の反応に微笑んだルアンは、なおもそこをいじった。押しつぶされ、引っかかれ、小刻みに擦られて、清貴は大きく目を見開いた。

「あなたの顔……とても、美しい」

感極まったように、ルアンはささやく。

「蕩けたあなたは、どのような表情をなさるのか……ずっと想像していました」

「ずっと？」

ルアンは、照れたかのように目を眇めた。

「そう、ずっと……あなたを抱きたかった」

そう言って、ルアンは清貴の脚に頰を擦りつけた。願いの成就を喜んでいるようでもあり、清貴と淫らなことをするのに溺《おぼ》れているようにも見えた。

「あなたのすべてを、私に」

「あ、あ……あ、ああっ」

挿り込む指が増えた。それは清貴の後ろをぐちゃぐちゃと掻きまわし、清貴の意識を奪ってしまう。

「そ、こ……や、あ……あ、ああ……っ」

「中が、柔らかくなってきましたね」

はっ、と荒い息を吐きながら、ルアンは呟く。

「私の指を、食い締めている……きつく咥えて、離さない」

「いや……そ、んな……こ、と」

指はてんでに後孔で暴れ、硬い肉が柔らかくなっていく。そこはもっと太いものを受け入れるのを望んで、ひくひくと痙攣《けいれん》している。

「あ、あ……ん、ん……んっ」

「肉が、とろとろになっている……私に、挿れてほしい？」

「ほ、し……あ、欲しい……！」

清貴は腰を揺らし、指をもっと奥へと誘《いざな》う。しかし文字どおり隅々まで愛撫され、蕩けた自分の体をうまくコントロールすることができない。

「ね、ぇ……ル、アン」

震えた声でそう言うと、ルアンは淫らな笑みを浮かべた。それに視線を奪われながら、清貴はなおもねだって声をあげる。

「ルアン、もう……もう、俺……」

「……清貴さま？」

「早く……ルアンを。ひとつに、なりたい」

ルアンは、虚を突かれたような顔をした。彼はすぐにまた笑顔を見せて、そして体を起こし、唇を重ねてくる。

「ん、ん……っ……」

「清貴さま……よろしいのですか」

彼の声は、どこか怖々としている。清貴は精いっぱい笑みを作って、彼の背中を抱きしめた。

「ルアン……」

その手は清貴の腿にかかって、大きく脚を拡げさせられた。突き込まれていた指が、引き抜かれる。蜜肉はその空虚をさみしがったが、しかしすぐに熱いものが押しつけられた。

「は、あ……っ……！」

「ん、っ……」

彼が、中に挿ってくる。入り口を大きく拡げられ、じゅくじゅくと音を立てながら柔らかい襞を刺激する。敏感な神経が擦られて、清貴は大きく身を反らせた。

「清貴さま……」

ベッドと背の間に腕を差し込まれ、ぐいと腰を抱きあげられた。すると繋がった角度が変わり、さらに深く抉《えぐ》られて、清貴は悲鳴をあげる。

「はっ、……あ……あ、あ、ああっ」

彼の怒張は内壁の敏感なところを擦り、清貴はまた感じさせられた。空《くう》を掻く足が小刻みに震え、それがびくりと大きく痙攣したのと、清貴の最奥が突かれたのは、同時だった。

「あ、あ……あ、ああっ……」

「清貴、さま」

苦しそうな声で、名を呼ばれる。懸命に目を開けると、目の前には欲を滴らせたルアンの顔がある。清貴は自らくちづけを求め、唇が重なった。舌が絡みあう。深くまで求め合う。ふたりは二箇所で繋がっていて、そのことが清貴をますます興奮させた。

「んあ、あ……ん、ん、っ」

深いところを突かれ、引き抜かれる。ずるずると襞を擦られて、抜け落ちてしまいそうになって息を呑むと、再び突かれた。今度は焦らすようにゆっくりと。反射的に清貴は腰をよじる。そうするとまた違うところを刺激された。

「や、あ……あ、あ……ん、んっ……」

「違って……清貴、さま」

掠れた声でルアンは言って、なおも腰を使ってきた。より激しい刺激に清貴は身をのけぞらせ、自身が弾けたのを感じた。

「ああ……っあ……あ、あん……っ……」

放った淫液がねとねととしていて、腹のあたりが不快だ。しかし立て続けの抽送に、意識はすぐにそっちに持っていかれてしまう。

「んぁ、あ……あ、あ……っ……！」

淫らな水音とともに、ひときわ深いところを突かれる。ルアンが、はっと息を吐いた。そして、今にも泣きそうな声で言う。

「私も……あなたの、中に」

「いあ……っ、……ん、んっ」

どくり、と体の中で大きな振動があった。同時に火傷しそうな熱が放たれて、それに刺激されて清貴はぐっと息を呑む。

「あ、ああ……あ、……っ……」

「ふ、っ……」

体の奥を焼いた熱は、なおも温度が高いまま清貴を苛んでいる。息の荒い彼に、ルアン

は改めてくちづけてきた。

「んあ……あ、あ……っ」

「清貴さま」

震える声で、彼は清貴を呼んだ。その声があまりにも艶《なま》めかしくて、煽られた清貴は大きく身震いする。

「まだ……まだ、だ」

「ルアン？」

彼の声はなにかに浮かされたようだ。清貴は、掠れた声で彼を呼ぶ。

「まだ、足りない……もっと、あなたを」

「ル、アン……」

深くくちづけられて、舌を吸われた。敏感すぎる体はその過剰な刺激を受け止めて、また体の奥の炎が大きく揺れる。

「あなたを、ください……」

清貴は声も出せず、ただこくりと頷いた。ルアンが嬉しそうに微笑んだ。その笑みに胸を突かれる。

「ルアン」

彼の名を呼び、そして清貴は目を瞑った。また深くくちづけられて、新たな快楽の扉が開くのを感じていた。

ふと、目が覚めると見慣れた天井だった。

清貴は、何度もまばたきをする。ここはどこだろう——目をぱちぱちとしていると「清貴！」と呼ぶ声がする。

「清貴、早く起きてよ、つまんないよ！」

アザミの声だ。清貴が顔を向けると、思ったとおりの声の主とチロの顔が見えた。チロは、心配そうな顔をして清貴を見ている。

「あ……俺？」

「どうしたの？」

アザミが寝台に乗ってきて、じっと清貴を覗き込む。なぜ自分は、自室の寝床にいるのだろう。昨日の夜は地下牢に行き、ハヤットの手伝いもあってルアンを救い出した。それからルアンの部屋に向かって——。

「あ、あ……！」

そのあと起こったことを思い出すと、顔どころか体まで熱くなってくる気がする。しかしアザミたちが清貴を見つめているのだ、態度に出すわけにはいかない。清貴はぐっと表情を引きしめて、体を起こした。ベッドから下りようとする。

「……っ！」

「どこか痛い？」

アザミが心配そうに言った。痛い、というのとは違う。腰の奥が、重い。立ちあがれずに顔を歪めていると、その原因がやってきて声をかけた。

「清貴さま、おはようございます」

「……おはよう」

ルアンだ。彼は涼しげな、いつもの表情をして清貴を見ている。アザミやチロがいなければ彼を責めたいところだったが、清貴も共犯者だ。一概に彼だけを責められない。

同時にルアンの平静な顔を見ていると、昨日の夜のことは夢だったのかと思ってしまうが、腰の重さがそうではないことを物語っている。清貴が立とうとすると、ルアンが手を貸してくれた。彼の手に触れるだけで、緊張してしまう。

「あ、れ？」

清貴はまばたきをした。ルアンの顔から受ける印象が違う。なにか――なにか。清貴は彼の顔を凝視した。

ルアンが扉のほうを見た。清貴も、ノックの音を聞いたような気がする。

「誰か来たよ！　僕、扉開けてあげるね」

　アザミがぴょんぴょんと跳ねながら言って、扉のほうに駆けていく。清貴はその後ろ姿を見送り、ルアンは彼らを追いかけた。

　扉が開いて、その向こうにいたのはカヤだった。アスランも、ほかの大臣たちもいる。彼らは揃《そろ》って険しい表情をしていて、清貴は思わずたじろいだ。

「あ……」

　声をあげたのは、誰だったか。清貴は瞠目《どうもく》した。カヤが、アスランが、そして大臣たちがいっせいに、その場にひざまずいたからだ。

「な、なに!?」

　彼らは揃って頭を下げた。そしてなにかを恐れるようにゆっくりと、最初に顔をあげたのはカヤだった。彼はルアンを見あげて、それから今まで聞いたことのない恭しい声音で、言った。

「陛下……！」

　清貴は大きく目を見開いた。それは、国王に対する敬称ではなかったか。皆は明らかにルアンに向かって敬意を表していて、そしてなによりも、ルアンがそれに驚いていない。

（そうか……俺、は）

　その光景を見ながら、清貴は思った。

（俺が、ルアンを愛してるんだ。玉兎に愛された者が、王になる……あれは、本当のこと

だったんだ）

そう思うと、なにやら気恥ずかしい。カヤが新王に対する口上を述べている。しかし清貴は恥ずかしい思いが勝って、そちらに足を向けることができない。

（でも、どうしてわかったのかな？　カヤもアスランも……なにを、見て？）

清貴はどきどきしながら、入り口に向かって歩いた。ルアンが振り返る。清貴はしばらくその顔を見つめ、その前髪に隠れた額に、刺青《いれずみ》のような模様を見て取った。

「あ、額に……」

それは、鳥が翼を広げたような形だった。それが王の証なのか。驚きに清貴がなにも言えずに呆然として立っていると、ルアンが手を取ってきた。手を握られ、微笑まれる。

「玉兎……私だけの、愛する人」

彼はそう言って、そっと清貴の頬にキスをしてくる。驚きと羞恥に清貴は声をあげそうになり、辛うじてそれを呑み込んだ。

「私は、あなたとの永遠を誓います」

「は、い……」

この国の重鎮たちの前で交わす言葉は、まるで結婚式のようだ――清貴はそう思い、ますますの羞恥に顔が熱くなるのを感じた。

そこは広い部屋だった。

昇ったばかりの朝陽が、窓から差し込んでくる。床には絨毯が敷いてあって、空を飛ぶ白い鳥と、白いうさぎが織り込んであった。清貴の部屋にあるものと似てはいるが、こちらのほうが手の込んだ高級なものであることが見て取れる。

部屋の奥には、三段高くなっている場所があって、そこには二脚の椅子が置いてある。白い木材に細かい彫りものを施してあって、等間隔にさまざまな色の宝石が嵌め込んである。見ているだけでくらくらしそうな豪華さだが、そのうちの一脚に、清貴は座るようにと言われたのだ。

（こんなすごい椅子になんか、座れない……）

清貴はためらったけれど、ルアンが手を取ってくる。彼に導かれて、清貴は恐る恐る椅子に座った。

目の前には、カヤがいる。アスランがいる。それ以外にも見知った顔がたくさんあり、そして一番後ろには壁にもたれかかって腕を組んだハヤットの姿があるのを、清貴は認めた。

「王が……」

「王が、現れた」

「いったい今まで、どこに潜んでいたのか」

ひそひそ話が伝わってくる。その声は、ルアンが清貴の隣の椅子に腰を下ろし、室内を睥睨するとぴたりと止まった。

「皆……長いこと、待たせました」

ルアンの口調はいつもどおりの優しいものだったけれど、それでも人の上に立つ者としての威厳に満ちている。それを聴きながら清貴は、このようなルアンの姿を今までも知っていたような気がしていた。

「私は、ルアン。先王と、白鳥の巫女《みこ》の間に生まれました」

「白鳥の……！」

広間がざわめいた。清貴にはぴんとこなかったが、しかし自室の、そしてこの広間の絨毯に織り込まれている、白い鳥とうさぎ。それを思うと、白鳥というのはこの国を象徴する生きものなのだろう。そしてそれを冠した巫女とは、決してないがしろにはできない存在なのだ。

「先王は、その死を前にして玉兎を探していました……私に新王の位を与えるために。しかしそのときは、隠の期だったのです」

広間が、奇妙な緊張に包まれた。「隠の期って？」という小さな声での清貴の問いに、ルアンは微笑んだ。

「隠の期……金の星と青の星が重なって、太陽の光の届かない時期。隠の期に即位する王は、神の祝福を受けられないといいます」

(あ、月蝕《げっしょく》ってことかな?)

こちらの世界でも、月蝕という言葉が正しいのかどうかはわからないけれど。

「ゆえに私は、隠の期が終わるまで皆の意識に影をかけ身分を隠していました」

意識に影をかける?　そのようなことができるのだと、清貴は驚いてルアンを見た。

「玉兎が現れ、私を見出すまで……宮中に、隠れていました」

ルアンは広間を見まわした。その視線に鋭い刃があるかのように、部屋中の者はいっせいに深く頭を下げた。カヤもアスランも驚いた顔をしている。彼らもまた、ルアンの術中に嵌まっていたのだろう。

ただひとり、一番後ろに立っているハヤットだけは頭を下げず、面白いものを見る顔をして清貴たちを見やっていた。彼は気づいていたのだろうか。それはいかにも彼らしいと、清貴は笑いそうになった。

「これからは、王として皆の世話になります。よろしくお願い申しあげる」

そう言ってルアンは立ちあがると、大きく身震いをする。すると艶やかな黒髪が見る見る色を変えていった。それは細い細い金糸であるかのようなきらめく金髪へと変わり、広間の者は皆が歓声をあげた。

「金の髪、緑の瞳……まさに、先王の生き写し」

長い白い髭を生やした老大臣が、嘆息とともにそう言った。

「末長く我々を導いてくださる、賢王の誕生だ……！」

その言葉は、広間の者たちに次々と伝染した。広間は歓声と拍手に包まれ、その勢いに押された清貴がルアンを見あげると、彼は清貴のよく知っている笑みとともに清貴の手を握った。

エピローグ

清貴は、王の寝所にいた。

彼に与えられている玉兎の間も広く、繊細な絨毯や見事な色タイルで飾られているけれど、この部屋も豪華さでは引けを取らない。しかもここは眠るためだけの部屋だというのだから、清貴はこの広さを持て余している。

「ルアン……」

清貴は傍らを向いて、枕に広がる金色の髪を見た。それは隣で横になっているルアンのもので、しかし金髪に変わってしまったルアンの姿は、清貴にはまだ違和感があるのだ。

「どうしました、清貴さま」

「その、さまってやめて……」

清貴が呻くと、ルアンは笑った。彼は髪をかきあげて、清貴の手を摑んだ。ぐいと引っ張られて、彼の腕の中に抱かれてしまう。

「王さまに、さまづけされるなんて、違和感あるから」

「そうですか、では気をつけます……清貴」

ルアンはそう言って、清貴にくちづけた。そっと触れるだけのキスだったけれど、清貴の胸はどきどきと鼓動を打って、落ち着かない。

「俺……ずっと、子供のときから」

清貴が呟くと、ルアンは少し首を傾げた。

「誰かに、呼ばれている気がしてたんだ。特に、満月の夜には」

ルアンは頷いた。清貴の手を取って、その甲にキスを繰り返しながら、彼は清貴を見つめていた。

「あの夜、やっぱり満月の夜……窓から手を伸ばしたら、誰かに摑まれて。それに引っ張られて、この金の星に来た」

「それは、私です」

なんでもないことのように、ルアンは言った。

「あの夜しかなかった……ちょうど青の星が一番に光り輝くとき、私はあなたの手を摑んで、引き寄せた」

「ああ……」

清貴はため息をついた。自分の手を取るルアンの顔をじっと見て、言った。

「それは、俺が玉兎だから？　それがわかってて、連れてきたの？」

「いいえ」

そう言ってルアンは、首を横に振った。

「……私はあなたが幼いころから、あなたを奪うための時期を計ってきました。それは私が、あなたを愛していたから」

「小さいときの、俺を？」

（それってちょっと、ヤバい気がする）

そう思った清貴の脳裏を読んだかのように、ルアンは笑った。

「あなたが幼かったときは、私も幼いですよ？　年齢的なことは、問題にならないと思いますが」

「そ、そうかな……？」

清貴が首をひねると、ルアンはまた笑い声を立てた。

「あなたは青の星において、常に光り輝いていました。あなたを見つけるのは、難しいことではなかった……」

ルアンは腕を伸ばしてきて、清貴を抱きしめる。その腕の中はほっとする温かさで、清貴はため息をついた。

そうやって清貴を抱いたまま、ルアンは語る。

「あなたは本来は、金の星の者なのです」

思いもしなかったことを言われて、清貴は驚いた。ルアンはそっと頷いた。

「あなたが生まれたときは、やはり隠の期でした。あなたはそれに巻き込まれて、青の星に流れていってしまったのです」

「へ、え……」

もちろん生まれたときのことなど、記憶にはないけれど。しかしそう言われると、納得できる点がたくさんある。特に満月を見るたびに感じていた、誰かの気配。あれはルアンだったのだ。ルアンが、清貴を呼んでいたのだ。

「そう、か……」

清貴はルアンに抱きついた。彼は少し驚いた顔をしたけれど、そのまま清貴をぎゅっと抱きしめてくれる。

「ありがとう……俺を、見つけてくれて」

ささやいて、ルアンの腕の中で清貴は瞼《まぶた》を閉じる。しかし清貴の瞼の裏に浮かぶのは黒髪のルアンの姿で、清貴はぱっと目を見開き、目の前の金髪のルアンを見て、そっと首を傾げた。

「やっぱり、金髪は……まだ慣れない」

「慣れてください。これが私の、本来の姿なのですから」

そう言って、ルアンは清貴の額にキスをした。そこから沁み込んでくる甘さに、清貴は息をついてまた目を閉じる——。

あとがき

初めまして、お初にお目にかかります。天野三日月と申します。

初めての商業書籍は、異世界トリップものになりました。プロットの段階からその方向は決まっていたのですが、細部のアイデアがなかなか浮かばず、プロットは六稿までいきました。ご迷惑をおかけいたしました……通ったときは、本当に嬉しかったです。書いていて一番楽しいのは初稿です。一番自由に文章を綴れるからです。初稿から修正ポイントを指摘いただき、何度かの書き直しを経てこうやってお手もとにお届けすることができました。商業誌ってそこが大変だな……と思いながらも、私が好き放題書いたものを矯正くださって、よいものに仕上げてくださる編集さんの存在は大切だな、とも思いました。次回があれば、今度はプロットをもっとてきぱき仕上げられるようにします。

このたびお送りしましたお話は、アジアとヨーロッパの境目あたりをイメージした異世界ものです。最初の世界観はもっとぼんやりしたイメージだったのですが、担当さんが衣装や食べものなどの資料を提示してくださって、そこから世界観が固まっていきました。

ああ、そういうところがぼんやりしていたから、プロットになかなかＯＫが出なかったのですね。なるほど、そういう点も（あれば）次回への注意点にしたいと思います。

今回の挿画は、緒田涼歌先生にお願いいたしました。もともと大好きな絵師さんなので、緒田先生にお願いできると聞いて、とても嬉しかったです。主要人物が五人もいるのに、表紙はどうするんだろう……とか思っていたのですが、とても素敵な構図に「なるほど！」となりました。このたびは、誠にありがとうございます。

なかなか中身がうまく煮詰まらなかったプロットから、根気よくお付き合いくださった担当さんにも感謝しております。大変なこともありましたがとても楽しい執筆でしたので、またご一緒できたらと思っております。

この書籍が世に出るにおいてご尽力くださった皆さまに、お礼申し上げます。なにより も、読んでくださった読者さまに感謝いたします。少しでもお楽しみいただけておりましたら嬉しいです。今後ともどうぞ、よろしくお願いいたします。

天野三日月

本作品は書き下ろしです。

ラルーナ文庫

この本を読んでのご意見・ご感想・ファンレターなどお待ちしております。〒111-0036 東京都台東区松が谷1-4-6-303 株式会社シーラボ「ラルーナ文庫編集部」気付でお送りください。

玉兎《ぎょくと》は四人《よにん》の王子《おうじ》に娶《めと》られる

2019年1月7日 第1刷発行

著　　者｜天野《あまの》 三日月《みかづき》
装丁・DTP｜萩原 七唱
発 行 人｜曺 仁警
発 行 所｜株式会社 シーラボ
〒111-0036 東京都台東区松が谷1-4-6-303
電話 03-5830-3474／FAX 03-5830-3574
http://lalunabunko.com
発　　売｜株式会社 三交社
〒110-0016 東京都台東区台東4-20-9 大仙柴田ビル2階
電話 03-5826-4424／FAX 03-5826-4425
印刷・製本｜中央精版印刷株式会社

ISBN978-4-8155-3204-8